Le Livre de Poche Jeunesse

Fifi Brindacier

Astrid Lindgren

Astrid Lindgren, née dans une ferme suédoise en 1907, commence à écrire en 1944. Elle apporte alors à la littérature pour les enfants fantaisie et chaleur. Elle marque encore aujourd'hui la littérature suédoise et internationale. En 1958, elle a reçu le prix Andersen. Astrid Lindgren est décédée en 2002.

Du même auteur :

- Fifi à Couricoura
- Fifi Princesse
- Les frères cœur-de-lion
- Karlsson sur le toit
- Le retour de Karlsson sur le toit
- Le meilleur Karlsson du monde
- Les farces d'Emil
- Les nouvelles farces d'Emil
- Les mille et une farces d'Emil
- Mio, mon Mio
- Ronya, fille de brigand

Astrid Lindgren

Prix Hans Christian Andersen

Fifi Brindacier

Traduit du suédois
par Alain Gnaedig

Illustrations :
Ingrid Vang Nyman

L'édition originale de ce roman
a paru en langue suédoise, en 1945,
chez Rabén & Sjögren, Stockholm,
sous le titre :
PIPPI LÅNGSTRUMP

© Astrid Lindgren, 1945.
© Hachette Livre, 1995 pour la traduction et les illustrations,
2007 pour la présente édition.

Il y a cinquante ans, en 1945, paraissait en Suède, signé d'une certaine Astrid Lindgren, le premier volume d'une série de trois livres pour enfants, dont l'héroïne, Pippi Långstrump, allait bientôt être connue dans le monde entier, sous des noms divers. C'est que, dans l'univers bien sage de ce qu'on appelait alors la « littérature enfantine », le personnage si neuf et si exceptionnel qu'était Fifi Brindacier, libre, primesautier, imprévisible, faisait irruption avec une joyeuse hardiesse. Ce fut un coup de vent émoustillant.

Pour des raisons propres à cette époque, Hachette, après la Guerre, rassembla la matière des trois volumes suédois en deux volumes français. Ces dernières années, des critiques s'étaient élevées au sujet du texte français « reçu ». On lui reprochait quelques libertés par rapport au texte suédois, des atténuations, un ton un peu trop sage et trop policé, peut-être.

À l'occasion du cinquantenaire, il convenait de restituer dans sa forme primitive, et avec un souci de rigoureuse conformité à l'original, cette œuvre de la grande Astrid Lindgren, devenue un classique mondial de la littérature de jeunesse. L'éditeur est heureux, pour répondre à ces exigences, de présenter ici une traduction entièrement nouvelle.

1

Fifi s'installe à la villa *Drôlederepos*

À la limite de la toute petite ville, il y avait un vieux jardin envahi par les mauvaises herbes. Une vieille maison se trouvait dans ce jardin et c'est dans cette maison que vivait Fifi Brindacier. Elle avait neuf ans et elle y vivait toute seule, sans papa ni maman. C'était plutôt chouette car il n'y avait personne pour lui dire d'aller se coucher au moment où elle s'amusait le plus, personne pour l'obliger à avaler une cuillerée d'huile de foie de morue quand elle avait surtout envie de manger des bonbons.

Fifi avait eu autrefois un papa qu'elle adorait et, bien sûr, elle avait eu aussi une maman. Mais c'était il y a si longtemps qu'elle ne s'en souvenait plus du tout. La maman de Fifi était morte quand celle-ci n'était qu'un tout petit bébé qui braillait si fort dans sa poussette que personne n'arrivait à rester à côté d'elle. Fifi pensait que sa maman se trouvait au ciel et qu'elle l'observait par un petit trou entre les nuages. Fifi lui faisait souvent un petit signe et lui disait :

— Ne t'inquiète pas ! Je me débrouillerai toujours !

Fifi n'avait pas oublié son papa. Il était capitaine au long cours et il avait navigué sur tous les océans. Fifi l'avait accompagné sur son navire, jusqu'au jour où il avait disparu en mer, emporté par une vague au cours d'une tempête. Mais Fifi en était sûre : un jour, il reviendrait. Elle ne croyait pas du tout qu'il s'était noyé. Non, il avait certainement rejoint une île remplie de Cannibales. Voilà : il était devenu le roi des Cannibales et il se pavanait toute la journée avec une couronne en or sur la tête.

— Mon papa est roi des Cannibales, c'est pas

tout le monde qui a un papa comme ça ! disait-elle avec satisfaction. Dès que mon papa aura construit un bateau, il viendra me chercher et je serai la princesse des Cannibales. Ah ! là ! là ! On rigolera bien !

Des années plus tôt, son papa avait acheté la vieille maison dans le jardin. Il comptait y habiter avec Fifi sur ses vieux jours, quand il ne pourrait plus courir les océans. Mais, hélas ! il avait disparu et, en attendant son retour, Fifi s'était installée dans la villa *Drôlederepos*. Drôle de nom pour une maison, mais elle s'appelait pourtant bien comme ça. Bien meublée, la maison n'attendait qu'elle. Un beau soir d'été, Fifi avait dit au revoir à tous les marins du bateau de son papa. Ils adoraient Fifi et Fifi les adorait aussi.

— Au revoir, les gars ! leur dit-elle en les embrassant l'un après l'autre sur le front. Ne vous inquiétez pas pour moi ! Je me débrouillerai toujours !

Elle emporta deux choses du bateau : un petit singe appelé M. Nilsson – cadeau de son papa – et une grosse valise bourrée de pièces d'or. Accoudés au bastingage, les matelots regardèrent

Fifi s'éloigner. Elle marcha d'un pas ferme sans se retourner, M. Nilsson perché sur l'épaule et la valise à la main.

— C'est une enfant extraordinaire, dit l'un des matelots en essuyant une larme quand Fifi disparut hors de leur vue.

Il avait bien raison. Fifi était une petite fille tout à fait extraordinaire. Ce qu'il y avait de plus extraordinaire chez elle, c'était sa force. Il n'existait pas dans le monde entier un policier aussi costaud qu'elle. Elle était même capable de soulever un cheval si elle en avait envie. Et cette envie la prenait de temps en temps. Elle possédait un cheval qu'elle avait acheté avec une de ses nombreuses pièces d'or le jour même de son arrivée à la villa *Drôlederepos*. Elle avait toujours rêvé d'avoir un cheval à elle ; le cheval trônait désormais sous la véranda. Mais quand Fifi avait envie d'y prendre son quatre-heures, elle soulevait le cheval et le déposait dans le jardin comme si de rien n'était.

À côté de la villa *Drôlederepos,* il y avait un autre jardin avec une autre maison. Dans cette maison vivaient un papa, une maman et leurs deux charmants enfants, un garçon et une fille, Tommy et Annika. C'étaient deux enfants très gentils, obéissants et bien élevés. Tommy ne se rongeait jamais les ongles, il était toujours bien peigné et faisait presque toujours ce que sa maman lui disait. Annika ne rouspétait jamais quand elle était contrariée et elle faisait toujours attention à ne pas salir ses vêtements fraîchement repassés. Tommy et Annika jouaient gentiment dans leur jardin mais ils regrettaient souvent de ne pas avoir de petits camarades. À l'époque où Fifi parcourait les océans avec son papa, il leur arrivait de s'approcher de la clôture en se disant :

« Quel dommage que personne ne vive dans cette maison ! Quelqu'un devrait y habiter, quelqu'un avec des enfants. »

Lorsque, par un beau soir d'été, Fifi franchit la première fois le seuil de la villa *Drôlederepos,* Tommy et Annika n'étaient pas chez eux. Ils étaient partis une semaine chez leur grand-mère et ne savaient donc pas que quelqu'un avait emménagé dans la maison voisine. Le lendemain de leur retour, quand ils regardèrent dans la rue, ils ne savaient toujours pas qu'une camarade de jeu se trouvait juste à la porte d'à côté. Tandis qu'ils se demandaient si la journée allait leur réserver des surprises ou si ce serait une journée tout à fait comme les autres, la grille de la villa *Drôlederepos* s'ouvrit et une petite fille apparut sur le seuil. Tommy et Annika n'avaient jamais vu une petite fille aussi étonnante. Fifi Brindacier partait faire sa promenade matinale. Voilà de quoi elle avait l'air :

Ses cheveux roux comme des carottes étaient tressés en deux nattes qui se dressaient de chaque côté de la tête. Son nez, parsemé de taches de rousseur, avait la forme d'une petite pomme de terre nouvelle. Sous ce nez, on voyait une grande bouche aux dents saines et blanches. Sa robe était fort curieuse. Fifi l'avait faite elle-même. Elle aurait dû être bleue mais, à court de tissu bleu, Fifi avait décidé d'y coudre des petits morceaux rouges çà et là. Elle portait des bas – un marron, un noir – sur ses grandes jambes maigres. Et puis, elle était chaussée de souliers noirs deux fois trop grands pour elle. Son papa les lui avait achetés en Amérique du Sud pour que les pieds de Fifi aient la place de grandir un peu. Fifi n'en avait jamais voulu une autre paire.

Tommy et Annika écarquillèrent les yeux en apercevant le singe perché sur l'épaule de la nouvelle venue : râblé, avec une longue queue, il était vêtu d'un pantalon bleu, d'une veste jaune et d'un canotier blanc.

Fifi descendit la rue, une jambe sur le trottoir, l'autre dans le caniveau. Tommy et Annika la suivirent du regard aussi longtemps qu'ils purent. Peu après, elle était de retour. Fifi revenait en marchant à reculons – pour éviter d'avoir à faire demi-tour en rentrant. Elle s'arrêta à la hauteur de Tommy et d'Annika. Les enfants se dévisagèrent en silence. Finalement, Tommy prit la parole :

— Pourquoi marches-tu à reculons ?

— Pourquoi je marche à reculons ? C'est un pays libre, non ? J'ai le droit de marcher comme ça me plaît ! Et puis, permets-moi de te dire qu'en Égypte tout le monde marche à reculons. Et ça ne choque personne.

— Comment le sais-tu ? Tu n'es jamais allée en Égypte.

— Je n'y suis pas allée ? Alors là, je peux te jurer que si ! J'ai fait le tour du monde et j'ai vu des choses autrement plus bizarres que des gens qui marchent à reculons. Je me demande ce que tu dirais si je marchais sur les mains, comme les gens en Extrême-Orient.

— Je suis sûr que tu mens, répliqua Tommy.
Fifi réfléchit un instant.
— Bon, d'accord, c'était un mensonge, répondit-elle, désolée.
— C'est vilain de mentir, dit Annika qui avait enfin retrouvé sa langue.
— Oui, c'est *très* vilain, ajouta Fifi, encore plus désolée. Mais, tu comprends, il m'arrive parfois de l'oublier. Et comment peux-tu exiger d'une petite fille comme moi qu'elle dise toujours la vérité ? Ma maman est un ange, mon papa est le roi des Cannibales et j'ai passé ma vie à naviguer, alors, comment veux-tu que j'y arrive ? Et puis, je vais vous confier quelque chose, ajouta-t-elle avec un grand sourire envahissant son visage couvert de taches de rousseur. Au Congo, vous ne trouverez personne qui dise la vérité. Les gens mentent tout le temps, du matin au soir. Alors, si

par accident il m'arrivait de mentir, essayez de me pardonner en vous disant que c'est parce que j'ai passé beaucoup de temps au Congo. Nous pourrions bien être amis, pas vrai ?

— Bien sûr, répondit Tommy en se disant soudain que la journée ne s'annonçait pas tout à fait comme les autres.

— Au fait, pourquoi ne viendriez-vous pas prendre votre petit déjeuner chez moi ? demanda Fifi.

— Euh... Pourquoi pas ? répondit Tommy.

— Allez ! On y va tout de suite, renchérit Annika.

— Mais il faut d'abord que je vous présente M. Nilsson.

Le petit singe salua poliment les enfants en soulevant son chapeau.

Ils poussèrent la grille branlante du jardin de la villa *Drôlederepos,* montèrent l'allée de gravier bordée d'arbres moussus (des arbres faits pour que l'on y grimpe) et arrivèrent devant la véranda. Le cheval dévorait son picotin versé dans une soupière.

— Mais qu'est-ce que ton cheval fait sous la véranda ? demanda Tommy. Pour ce dernier, la place d'un cheval était à l'écurie.

— Eh bien, dit Fifi après mûre réflexion, dans

la cuisine, il serait toujours sur mon chemin. Et il ne se plaît pas au salon.

Tommy et Annika caressèrent le cheval et entrèrent dans la maison. Il y avait une cuisine, un salon et une chambre, mais Fifi ne s'était pas souciée du ménage depuis un bon bout de temps. Tommy et Annika se tenaient sur leurs gardes, au cas où ce roi des Cannibales serait tapi dans un coin. Il faut dire qu'ils n'avaient jamais vu de roi des Cannibales. Ils ne virent pas plus de papa. Ni de maman d'ailleurs. Annika demanda avec inquiétude :

— Tu vis toute seule ici ?

— Pas du tout. Tu oublies M. Nilsson et mon cheval.

— Ce n'est pas ce que je voulais dire. Tu n'as ni papa ni maman avec toi ?

— Non, ni l'un ni l'autre.

— Mais alors, qui te dit d'aller te coucher quand c'est l'heure ? reprit Annika.

— Moi. D'abord je me le dis gentiment et, si je n'obéis pas, je le répète sévèrement. Si je n'obéis toujours pas, je me promets une fessée ! Vous me suivez ?

Tommy et Annika ne comprenaient pas tout à fait mais ils pensèrent que cette méthode n'était peut-être pas si mauvaise. Entre-temps, ils étaient arrivés à la cuisine et Fifi s'écria :

*— Et maintenant on va cuire des crêpes,
et maintenant on va frire des crêpes,
et maintenant on va servir des crêpes !*

Sur quoi elle s'empara de trois œufs et les lança en l'air. Un œuf se brisa sur sa tête et le jaune lui dégoulina dans les yeux. Les deux autres, par contre, s'écrasèrent prestement dans une casserole.

— J'ai toujours entendu dire que le jaune d'œuf était bon pour les cheveux, dit Fifi en s'essuyant les yeux. Vous allez voir, ils vont pousser à toute vitesse ! D'ailleurs, au Brésil, tout le monde se promène avec du jaune d'œuf dans les cheveux. C'est pour ça qu'il n'y a pas de chauves. Sauf ce vieux monsieur tellement stupide qui mangeait ses œufs au lieu de s'en tartiner le crâne.

Bien entendu, il s'est retrouvé sans un poil sur le caillou. Quand il sortait dans la rue, il y avait un tel bazar que l'on était obligé d'appeler la police.

Tout en parlant, Fifi avait habilement retiré les coquilles de la casserole avec ses doigts. Elle prit une brosse de bain qui traînait par là et se mit à fouetter la pâte à crêpe avec une ardeur telle qu'il en gicla partout sur les murs. Elle versa ce qui restait dans une poêle posée sur le fourneau. Quand les crêpes étaient bien cuites d'un côté, elle les faisait sauter en l'air et les rattrapait dans la poêle. Lorsqu'elles étaient cuites des deux côtés, Fifi leur faisait effectuer un vol plané à travers la cuisine pour atterrir directement dans une assiette posée sur la table.

— Allez ! cria Fifi. Mangez pendant que c'est chaud !

Tommy et Annika trouvèrent les crêpes excellentes. Fifi les invita ensuite à passer au salon, qui ne comportait qu'un seul meuble : un énorme secrétaire muni d'une foule de petits tiroirs. Fifi les ouvrit et montra à Tommy et Annika tous les trésors qu'elle y cachait. Il y avait d'extraordinaires œufs d'oiseaux, des coquillages et des pierres étranges, de magnifiques petites boîtes, des miroirs en argent, des colliers de perles et

bien d'autres choses encore que Fifi et son papa avaient achetées au cours de leurs voyages autour du monde. Fifi donna un cadeau en souvenir à chacun de ses nouveaux camarades. Tommy reçut un canif au manche de nacre étincelante et Annika un petit écrin dont le couvercle était recouvert de morceaux de coquillages. Une bague ornée d'une pierre verte se dissimulait à l'intérieur.

— Si vous rentrez chez vous maintenant, vous pourrez revenir demain matin, dit Fifi. Car si vous ne partez pas, vous ne pourrez pas revenir non plus. Et ça serait vraiment dommage.

Tommy et Annika étaient bien d'accord et ils s'en allèrent. Ils passèrent à côté du cheval, qui avait terminé son avoine, et M. Nilsson agita son chapeau quand ils franchirent la grille de la villa *Drôlederepos*.

2

Chercheurs de choses et bagarre

Annika se réveilla très tôt le lendemain matin. Elle sauta de son lit et s'approcha de Tommy sur la pointe des pieds.

— Debout, Tommy ! dit-elle en lui secouant le bras. Allez, lève-toi ! On va aller voir cette drôle de fille aux grandes godasses.

Un instant plus tard, Tommy était parfaitement réveillé.

— Pendant tout le temps que je dormais, je savais bien que ce serait une bonne journée, même si je n'arrivais pas à me rappeler exactement pourquoi, dit-il en enlevant sa veste de pyjama. Ils foncèrent tous deux à la salle de bains et firent leur toilette beaucoup plus vite que d'habitude. Ils s'habillèrent dans la bonne humeur et, une heure plus tôt que prévu, leur maman les vit glisser le long de la rampe d'escalier et atterrir juste à la table du petit déjeuner. Ils réclamèrent leur chocolat sur-le-champ.

— Et pourquoi êtes-vous donc tellement pressés aujourd'hui ? demanda leur maman.

— On va voir la nouvelle, dans la maison d'à côté, répondit Tommy.

— Et nous allons peut-être passer toute la journée avec elle, ajouta Annika.

Ce matin-là, Fifi préparait des petits gâteaux. Elle avait étalé une énorme quantité de pâte sur le plancher de la cuisine. Redoublant d'attention, elle y découpait des petits gâteaux en forme de cœur.

— Tu penses bien que je ne vais pas m'encombrer d'une planche à pâtisserie quand j'ai au moins cinq cents gâteaux à faire ! dit-elle à M. Nilsson, son petit singe. Et fais bien attention à ne pas marcher dans la pâte ! lui ordonna-t-elle, juste comme on sonnait à la porte.

Fifi courut ouvrir. Elle était couverte de farine des pieds à la tête et, lorsqu'elle serra vigoureusement les mains de Tommy et Annika, un gros nuage blanc s'abattit sur eux.

— Comme c'est gentil à vous d'être venus ! s'écria-t-elle en enlevant son tablier – ce qui provoqua un nuage de farine tel que Tommy et Annika toussèrent pour se dégager la gorge.

— Que fais-tu ? demanda Tommy.

— Si je te disais que je suis en train de ramoner la cheminée, tu ne me croirais pas, hein, gros malin ? Eh bien, je suis en train de faire des gâteaux. Mais j'aurai bientôt fini. Asseyez-vous donc sur le tas de bûches en attendant.

Fifi pouvait travailler vraiment très vite. Assis dans leur coin, Tommy et Annika virent Fifi se frayer un chemin dans la pâte, découper des gâteaux, les balancer sur des plaques et enfourner celles-ci dans la cuisinière. Tout se passait à une telle vitesse qu'ils avaient l'impression d'être au cinéma.

— Terminé ! dit Fifi en claquant la porte du four.

— Qu'est-ce qu'on fait, maintenant ? demanda Tommy.

— Je ne sais pas ce que vous avez envie de faire, mais moi, je ne vais sûrement pas rester là à me tourner les pouces ! Vous savez, on n'a pas un instant à soi quand on est une chercheuse de choses.

— Une chercheuse de quoi ? demanda Annika.

— Une chercheuse de choses.

— Qu'est-ce que c'est que ça ? s'enquit Tommy.

— Quelqu'un qui cherche des choses, pardi ! répondit Fifi en formant des tas de farine à grands coups de balai. Le monde entier est rempli de choses qui n'attendent que d'être trouvées.

— Oui, mais quelles choses ? insista Annika.

— Oh ! Toutes sortes de choses ! Des pépites d'or, des plumes d'autruche, des rats crevés, des pétards, des vis minuscules, des clous...

Tommy et Annika se dirent que ça avait l'air drôlement chouette d'être chercheur de choses, et ils voulaient y jouer tout de suite, même si Tommy précisa qu'il espérait bien trouver des pépites d'or plutôt que des clous.

— On verra, répondit Fifi. Mais on trouve toujours quelque chose. D'ailleurs, nous ferions mieux de nous dépêcher avant que d'autres chercheurs de choses ne raflent toutes les pépites d'or qui traînent dans le coin.

Et les trois chercheurs se mirent en chasse, en commençant par les maisons du voisinage. Fifi l'avait bien dit : on dénichait parfois un clou au milieu de la forêt mais les choses les plus intéressantes se trouvaient presque toujours près des lieux d'habitation.

— Mais pas toujours. J'ai vu l'inverse. Je me souviens d'une fois où je cherchais des choses dans la jungle de Bornéo, là où la main de l'homme n'a jamais mis le pied. Devinez ce que j'ai trouvé ! Une magnifique jambe de bois ! Je l'ai donnée à un unijambiste et il m'a juré qu'il était impossible d'en acheter une pareille.

Tommy et Annika observèrent Fifi pour voir comment s'y prenait un authentique chercheur de choses. Elle courait de gauche à droite, la main en visière. De temps en temps, elle se mettait à genoux et passait la main entre les barreaux des grilles. Elle la retirait, déçue :

— Bizarre. J'étais pourtant sûre d'avoir vu une pépite d'or.

— Est-ce qu'on a vraiment le droit de ramasser tout ce qu'on trouve ? demanda Annika.

— Oui, tout ce qu'on trouve par terre, dit Fifi.

Un peu plus loin, ils virent un vieux monsieur qui dormait sur la pelouse devant sa maison.

— Ah, ah ! On l'a trouvé par terre. Allez, on l'embarque ! s'écria Fifi.

Tommy et Annika étaient horrifiés.

— Non ! Non, Fifi ! On ne peut pas ramasser un vieux monsieur, supplia Tommy. Et puis, qu'en ferions-nous ?

— Mais on en ferait plein de choses ! On pourrait le mettre dans un clapier et lui donner à manger des feuilles de pissenlit. Si vous ne voulez pas y toucher, je ne vais pas vous forcer. Mais ça me tracasse de le laisser comme ça. Un autre chercheur de choses pourrait bien le ramasser, lui.

Tout à coup, Fifi poussa un cri strident.

— Quel coup de pot ! s'écria-t-elle en soupesant une vieille boîte en fer-blanc toute rouillée. Quelle trouvaille ! On n'a jamais assez de vieilles boîtes.

Tommy jaugea la boîte avec méfiance.

— Mais que peut-on en faire ?

— Plein de choses. On peut y mettre des gâteaux, par exemple. Ça fera une magnifique Boîte À Gâteaux. On peut aussi ne rien y mettre du tout. Ça fera alors une Boîte Sans Gâteaux. C'est beaucoup moins bien, forcément.

Fifi inspecta la boîte qui était non seulement toute rouillée mais, en plus, avait le fond troué.

— Ça m'a tout l'air d'être une Boîte Sans Gâteaux, dit Fifi après mûre réflexion. Mais l'on peut toujours se l'enfoncer sur la tête et imaginer qu'il fait nuit.

Ce qu'elle s'empressa de faire, bien entendu. Casquée comme un soldat de plomb, Fifi déambula dans la rue et seul un grillage l'arrêta. Elle s'étala de tout son long dans un grand bruit de ferraille.

— Vous voyez bien, dit-elle en enlevant la boîte, heureusement que j'avais ça sur le crâne ! Je me serais fait drôlement mal si j'étais tombée tête la première.

— Oui, mais tu ne serais jamais tombée du tout si tu n'avais pas eu ce machin sur la tête, fit remarquer Annika.

Elle ne réussit pas à placer un mot de plus. Fifi poussa un nouveau cri et agita triomphalement une bobine de fil à coudre vide.

— C'est vraiment mon jour de chance aujourd'hui ! Cette petite bobine est mignonne à croquer ! Parfaite pour souffler des bulles de savon ou pour faire un collier. Je rentre tout de suite arranger ça.

Juste à ce moment, on ouvrit la grille d'une maison voisine et un gamin sortit en courant. Il avait l'air paniqué. Rien d'étonnant, il était poursuivi par cinq garçons. Ces derniers le rattrapèrent rapidement et le poussèrent contre une clôture. La bande au complet se mit à le frapper. Il pleurait, tout en essayant de se protéger le visage avec ses bras.

— Allez, les mecs ! Tapez-lui dessus ! hurla le plus grand et le plus costaud des garçons. Qu'il n'ait plus jamais le culot de remettre les pieds dans cette rue !

— Oh ! s'écria Annika. C'est ce pauvre Willie qu'ils sont en train de tabasser. Comment peuvent-ils être si méchants ?

— Encore un coup de ce salaud de Bengt ! renchérit Tommy. Il ne pense qu'à la bagarre. Et ils sont cinq contre un ! Quelle bande de poules mouillées !

Fifi s'approcha des garçons et tapota doucement le dos de Bengt.

— Hé ho ! À cinq contre un, vous avez l'intention de faire de la purée avec Willie ou quoi ?

En se retournant, Bengt découvrit une petite fille qu'il n'avait encore jamais vue dans le coin. Une drôle de petite fille qui osait le toucher, lui, le grand Bengt. Il en resta bouche bée. Puis un grand sourire narquois lui barra le visage.

— Hé, les mecs ! Lâchez Willie et regardez-moi cette fille ! Quelle minette ! s'écria-t-il, riant à en perdre haleine.

En un instant, Fifi était entourée par les garçons, excepté Willie qui en avait profité pour se réfugier près de Tommy et séchait ses larmes.

— Non mais, vous avez vu cette tignasse ! Une vraie flamme ! Et puis ces pompes ! Dis donc, tu m'en prêtes une ? J'ai pas de bateau, moi !

Bengt saisit une natte de Fifi et la relâcha tout de suite :

— Aïe, aïe, aïe ! Je me suis brûlé !

Les cinq garçons se mirent à sauter autour de Fifi en criant :

— Vilain petit chaperon rouge ! Poil de carotte ! Rouquinette !

Fifi les regardait en souriant gentiment. Bengt avait espéré la mettre en colère, la faire pleurer ou, au moins, lui faire peur. Comme c'était peine perdue, il la poussa un grand coup.

— J'ai pas l'impression que tu connaisses les bonnes manières avec les dames, dit Fifi. Sur ce, elle empoigna Bengt de ses bras costauds, le souleva et l'accrocha à une branche d'un bouleau qui se trouvait juste à côté. Elle se saisit du deuxième garçon et le suspendit à une autre branche ; elle attrapa le troisième et le jucha sur le pilier de la grille d'une villa ; elle balança le quatrième par-dessus une clôture de jardin et il atterrit sur un parterre de fleurs. Quant au cinquième garnement, elle l'installa dans une petite carriole au milieu de la rue. Fifi, Tommy, Annika et Willie contemplèrent un moment les garçons qui n'en revenaient pas.

— Espèces de dégonflés ! reprit Fifi. Attaquer à cinq contre un ! C'est moche. Et puis s'attaquer à une petite fille sans défense. Oh ! là ! là ! Ça, c'est vraiment très moche.

— Allez, on rentre, dit-elle à Tommy et Annika. Et toi, Willie, préviens-moi s'ils te cherchent des histoires.

Puis elle s'adressa enfin à Bengt qui n'osait pas bouger d'un pouce :

— Et toi, si tu as encore une remarque à faire sur mes cheveux ou mes chaussures, c'est le moment ou jamais.

Mais Bengt n'avait strictement plus rien à reprocher ni aux cheveux ni aux chaussures de Fifi. Tenant d'une main la boîte de fer-blanc et la bobine de fil de l'autre, Fifi s'en alla, suivie de Tommy et Annika.

Lorsqu'ils furent arrivés dans son jardin, Fifi s'écria :

— Quelle poisse ! Moi, j'ai trouvé deux choses magnifiques et vous, rien du tout. Vous devriez chercher encore un peu. Tommy, pourquoi ne jettes-tu pas un coup d'œil dans ce vieil arbre ? Les vieux arbres sont souvent des endroits rêvés pour les chercheurs de choses.

Tommy répondit qu'il ne pensait pas que lui ou Annika seraient capables de trouver quoi que ce soit mais, pour faire plaisir à Fifi, il plongea la main dans un trou du tronc.

— Ça alors ! s'exclama-t-il en retirant un joli petit carnet relié en cuir, avec un stylo en argent caché dans une petite pochette. C'est vraiment incroyable !

— Tu vois bien, dit Fifi, il n'y a rien de mieux que d'être chercheur de choses. Ce qui m'étonne le plus, c'est que personne ne veuille faire ce métier. Les gens veulent tous devenir menuisier, cordonnier ou ramoneur, mais pas chercheur de choses. Eh non ! d'après eux, c'est pas un métier assez chic.

Elle dit ensuite à Annika :

— Pourquoi ne vas-tu pas regarder dans cette vieille souche ? On trouve presque toujours quelque chose dans les vieilles souches.

Annika plongea la main dans la souche creuse et en retira presque aussitôt un collier en corail rouge. Tommy et Annika restèrent muets de surprise pendant un petit moment, avant de décider qu'à partir de ce jour ils seraient chercheurs de choses.

Fifi, qui avait passé la moitié de la nuit à jouer au ballon, eut soudain très envie de dormir.

— Je crois que je vais aller faire un petit somme. Voulez-vous venir me border ?

Assise sur le bord du lit, Fifi enleva ses chaussures et les observa longuement :

— Et dire que ce Bengt voulait faire du bateau avec ! Non mais ! Je vais lui apprendre !

— Dis-moi, Fifi, demanda doucement Tommy, pourquoi as-tu des chaussures aussi grandes ?

— Pour que mes doigts de pied aient de la place, tiens !

Puis Fifi se coucha. Elle dormait toujours avec les pieds sur l'oreiller et la tête sous les couvertures.

— C'est comme ça que les gens dorment au

Guatemala, assura-t-elle. Et c'est la seule bonne façon de dormir. Comme ça, je peux remuer mes orteils même quand je dors. Au fait, vous arrivez à vous endormir sans une berceuse, vous ? Moi, il faut toujours que je chante un moment, sinon, je ne ferme pas l'œil de la nuit.

Tommy et Annika entendirent une sorte de bourdonnement sous les couvertures. C'était Fifi qui chantait pour s'endormir. Ils s'éclipsèrent sur la pointe des pieds afin de ne pas la déranger. En quittant la pièce, ils jetèrent un dernier coup d'œil en direction du lit. Ils ne virent que les pieds de Fifi, posés sur l'oreiller. Et des orteils qui remuaient furieusement.

Tommy et Annika rentrèrent chez eux, Annika serrant dans la main son collier de corail.

— C'est vraiment bizarre... Dis donc, Tommy, tu ne crois pas que Fifi avait caché les choses à l'avance ?

— Je ne sais pas. Avec Fifi, on ne peut être sûr de rien.

3

Fifi joue à chat
avec des policiers

Dans la toute petite ville, tout le monde sut rapidement qu'une drôle de petite fille de neuf ans vivait seule à la villa *Drôlederepos*. Et les papas et les mamans de la petite ville n'aimaient pas du tout, mais alors, pas du tout, une chose pareille. Tous les enfants devaient avoir quelqu'un qui leur disait ce qu'ils avaient à faire, tous les enfants devaient aller à l'école et apprendre les tables de multiplication. Donc, les papas et les mamans de la petite ville décidèrent que la petite fille de la villa *Drôlederepos* devait être immédiatement placée dans un orphelinat, une maison pour enfants.

Par un bel après-midi, Fifi avait invité Tommy et Annika à goûter. Elle avait posé le quatre-heures sur les marches de la véranda. Il faisait beau, le soleil brillait et toutes les fleurs du jardin sentaient bon. M. Nilsson grimpait à la balustrade de la véranda et le cheval pointait ses naseaux de temps en temps, afin qu'on lui donne un gâteau.

— Ah ! La vie est tout de même formidable ! s'écria Fifi en étirant les jambes.

À ce moment précis, deux policiers en uniforme poussèrent la grille.

— Oh ! C'est sûrement encore mon jour de chance aujourd'hui ! Les policiers, c'est ce que je préfère ; mis à part les fraises à la crème, reprit Fifi.

Elle alla à la rencontre des policiers, le visage rayonnant de joie.

— Es-tu la petite fille qui a emménagé à la villa *Drôlederepos* ? demanda un policier.

— C'est pas moi ! répliqua Fifi. Moi, je suis sa toute petite tante qui habite au deuxième étage d'une maison à l'autre bout de la ville.

Fifi avait dit cela uniquement parce qu'elle avait envie de rigoler un peu avec les policiers. Mais eux, ils ne trouvaient pas ça rigolo du tout. Ils lui conseillèrent de ne pas jouer au plus malin avec eux et lui expliquèrent que des braves gens en ville s'étaient arrangés pour qu'elle soit placée dans une maison pour enfants.

— Mais j'ai déjà une place dans une maison pour enfants, répondit Fifi.

— Comment ? Tu as déjà une place quelque part ? Où se trouve cette maison ?

— Ici ! répliqua Fifi avec fierté. Je suis une enfant, voilà ma maison, donc c'est une maison pour enfants. Et puis, j'ai de la place, non, ce n'est pas la place qui manque.

— Ma petite, tu ne comprends pas. Il faut que tu ailles dans une vraie maison pour enfants, là où quelqu'un s'occupera de toi.

— Est-ce qu'on a le droit d'avoir un cheval dans votre maison pour enfants ?

— Non. Bien sûr que non.

— C'est bien ce que je pensais, dit Fifi, l'air sombre. Et... Est-ce que les singes y sont autorisés, alors ?

— Évidemment pas, tu le sais très bien.

— Eh bien, dans ce cas, vous n'avez qu'à chercher ailleurs des enfants pour votre maison pour enfants ! Je n'ai pas l'intention d'y mettre les pieds.

— Mais, tu te rends bien compte qu'il faut que tu ailles à l'école.

— Et pourquoi devrais-je aller à l'école ?

— Pour apprendre des choses, voyons.

— Quel genre de choses ?

— Plein de choses utiles, les tables de multiplication, par exemple.

— Je me suis très bien débrouillée sans tables de nulplication pendant des années. Et j'ai bien l'intention de continuer comme ça.

— Allons ! Pense un peu combien c'est triste de ne rien savoir. Imagine quand tu seras grande et quand quelqu'un te demandera par exemple comment s'appelle la capitale du Portugal. Tu ne connaîtras pas la réponse.

— Mais je la connais. Si on me pose la question, je répondrai : « Si vous tenez tellement à savoir comment s'appelle la capitale du Portugal, vous n'avez qu'à écrire directement au Portugal ! »

— D'accord. Mais ne trouves-tu pas que ce serait mieux si tu le savais toi-même ?

— C'est bien possible. Il se peut tout à fait que je passe des nuits blanches à me demander : « Nom d'une pipe, comment s'appelle donc la capitale du Portugal ? » Mais dans ce cas, on ne s'amuse plus tout le temps, répondit Fifi en marchant sur les mains. Et puis, je suis déjà allée à Lisbonne avec mon papa, reprit-elle la tête en bas – car elle savait aussi parler dans cette position.

L'autre policier dit à Fifi qu'elle ne pouvait pas toujours faire ce qui lui plaisait. Elle allait les accompagner à la maison pour enfants, et pas plus tard que tout de suite. Sur ce, il attrapa Fifi par un bras. Mais elle se dégagea lestement et donna une petite tape au policier en disant : « C'est toi le chat ! » Avant même que le policier ait bougé d'un poil, Fifi avait déjà escaladé la véranda. Un instant plus tard, elle se trouvait sur le balcon. Les policiers n'étaient guère tentés de la suivre par le même chemin. Ils s'engouffrèrent dans la maison et montèrent au premier étage, par l'escalier. Mais lorsqu'ils arrivèrent sur le balcon, Fifi se trouvait déjà presque sur le toit. Elle grimpa sur les tuiles avec l'agilité d'un petit singe. Elle resta un instant sur le sommet du toit et sauta facilement sur la cheminée. En bas, sur le balcon, les policiers s'arrachaient les cheveux. Tout en bas, sur la pelouse, Tommy et Annika ne quittaient pas Fifi des yeux.

— Qu'est-ce que c'est rigolo de jouer à chat ! cria Fifi à l'adresse des policiers. Et que c'est gentil à vous d'être venus jouer avec moi ! Pas de doute, c'est bien mon jour de chance.

Après avoir longuement réfléchi, les policiers allèrent chercher une échelle qu'ils posèrent contre une extrémité du toit. Ils grimpèrent l'un après l'autre, décidés à ramener Fifi. Une fois sur le toit, ils eurent un peu peur, car c'est en équilibre instable qu'ils s'approchèrent de Fifi.

— N'ayez pas peur, cria Fifi, il n'y a pas de danger, c'est juste un jeu !

Quand les policiers se trouvèrent à deux pas de Fifi, celle-ci courut en riant à l'autre bout du toit. Un arbre s'élevait à un mètre de la maison.

— Je vole ! s'écria Fifi. Elle plongea droit dans le feuillage, s'accrocha fermement à une branche, s'y balança un instant et se laissa tomber en douceur sur le sol. Puis elle fonça retirer l'échelle.

Les policiers avaient eu l'air un peu stupides en voyant Fifi sauter, mais là, ils l'étaient encore plus quand, après avoir péniblement traversé le toit, ils constatèrent la disparition de l'échelle. Furieux, ils hurlèrent à Fifi – qui les observait tranquillement d'en bas – de remettre immédiatement l'échelle en place, sinon, elle allait voir de quel bois ils se chauffaient.

— Mais pourquoi êtes-vous aussi fâchés ? leur dit-elle sur un ton de reproche. Nous jouons seulement à chat, et lorsqu'on joue à chat, on est amis !

Les policiers réfléchirent un moment. Pour finir, l'un d'eux dit d'une petite voix :

— Euh... Dis donc... Veux-tu bien avoir la gentillesse de ramener l'échelle afin que nous puissions redescendre ?

— Mais bien sûr ! répondit Fifi en remettant tout de suite l'échelle en place. Maintenant, on pourrait goûter ensemble et bien s'amuser !

Mais les policiers cachaient bien leur jeu car, à peine touché le sol, ils se ruèrent sur Fifi :

— Non mais, tu vas voir un peu, sale gamine !

Fifi les arrêta tout de suite :

— Ça suffit. Je n'ai plus le temps de jouer. Même si c'est rigolo.

Et elle attrapa vigoureusement les policiers par la ceinture, leur fit traverser le jardin et les déposa dans la rue. Il leur fallut un bon bout de temps avant de comprendre ce qui s'était passé et qu'ils se remettent sur leurs jambes.

— Attendez ! cria-t-elle avant de disparaître dans la cuisine. Elle en ressortit avec deux gâteaux en forme de cœur.

— Tenez, c'est pour vous. Ils sont un peu brûlés, mais ils sont bons quand même !

Puis elle retourna vers Tommy et Annika, encore ébahis par le spectacle qui s'était déroulé sous leurs yeux. Les policiers se hâtèrent de rentrer en ville où ils dirent à tous les papas et mamans que Fifi n'était pas vraiment faite pour une maison pour enfants. Ils se gardèrent bien de dire qu'ils étaient montés sur le toit. Tout le monde pensa qu'il valait peut-être mieux que Fifi reste à la villa *Drôlederepos.* Et si Fifi voulait aller à l'école, elle n'avait qu'à arranger la chose elle-même.

De leur côté, Fifi, Tommy et Annika passèrent un après-midi très agréable. Ils reprirent leur goûter interrompu. Fifi avala quatorze gâteaux avant de dire :

— Ces deux-là n'étaient pas ce que j'appellerais les meilleurs des policiers. Ah non ! Toutes ces sornettes à propos de maison pour enfants, de tables de nulplication et de Lisbonne !

Fifi descendit le cheval dans le jardin et les trois enfants firent un petit tour. Au début, Annika avait un peu peur mais quand elle vit comment Tommy et Fifi s'amusaient, elle laissa Fifi la soulever sur le dos du cheval. Le cheval trotta dans le jardin, avec un Tommy qui chantait :

— Voilà les Suédois qui font les fiers-à-bras, qui sonnent le branle-bas avec grand fracas !

Le soir, une fois les deux enfants glissés au fond de leur lit, Tommy demanda à sa sœur :
— Annika, tu ne trouves pas que c'est chouette d'avoir Fifi comme voisine ?
— Bien sûr !
— Je ne me rappelle même plus à quoi on jouait avant l'arrivée de Fifi. Et toi, tu t'en souviens ?
— Eh bien, on jouait au croquet et à des jeux de ce genre. Mais c'est beaucoup plus rigolo avec Fifi. Surtout avec le cheval et tout le tralala !

4

Fifi va à l'école

Naturellement, Tommy et Annika allaient à l'école. Ils s'y rendaient chaque matin à huit heures, main dans la main et leurs livres sous le bras.

À cette heure-là, Fifi s'occupait habituellement de soigner son cheval ou d'enfiler son petit costume à M. Nilsson. Ou bien encore elle faisait sa gymnastique matinale, qui consistait en un enchaînement de quarante-trois sauts périlleux. Ensuite, elle s'asseyait sur la table de la cuisine et buvait tranquillement un grand bol de café avec ses tartines.

Sur le chemin de l'école, Tommy et Annika

lançaient des regards d'envie en direction de la villa *Drôlederepos*. Ils auraient tant préféré aller jouer avec Fifi. Ah ! si seulement Fifi était allée à l'école, elle aussi !

— Qu'est-ce qu'on s'amuserait tous les trois en revenant de l'école ! dit Tommy.

— Oui, et en y allant aussi, ajouta Annika.

Plus ils y pensaient, plus ils trouvaient triste que Fifi n'aille pas à l'école. Pour finir, ils décidèrent d'essayer de la convaincre.

Un après-midi, alors que Tommy et Annika s'étaient rendus à la villa *Drôlederepos,* après avoir consciencieusement fait leurs devoirs, Tommy dit à Fifi, sans avoir l'air d'y toucher :

— Tu ne peux pas savoir combien notre maîtresse est gentille.

— Et si tu savais combien on s'amuse à l'école, ajouta Annika. Je serais malade si je n'y allais pas.

Assise sur un tabouret, Fifi se lavait les pieds dans une bassine. Elle ne dit rien, se contentant d'agiter les orteils, en éclaboussant un peu autour.

— Et puis, on n'y reste pas toute la journée, poursuivit Tommy, seulement jusqu'à deux heures de l'après-midi.

— Et puis, il y a les vacances de Noël, de Pâques et les grandes vacances, renchérit Annika.

Fifi se mordit le gros orteil l'air songeuse, mais toujours sans rien dire. Soudain, elle renversa vivement la bassine d'eau sur le plancher de la cuisine. M. Nilsson, qui jouait dans son coin avec un miroir, eut son pantalon trempé.

— C'est injuste, dit Fifi avec force, sans se soucier de M. Nilsson, consterné par son pantalon ruisselant. C'est vraiment trop injuste ! Je ne vais pas tolérer ça plus longtemps !

— Quoi donc ? demanda Tommy.

— Noël est dans quatre mois, et vous aurez des vacances de Noël. Mais moi, qu'est-ce que j'aurai ? dit Fifi d'une voix attristée. Moi, je n'aurai pas du tout de vacances de Noël. Il faut que ça change. Demain, je vais à l'école.

Tommy et Annika applaudirent, ravis.

— Hourra ! Nous t'attendrons devant notre porte à huit heures.

— Non, non, non. Je ne peux pas commencer si tôt. Du reste, j'irai à l'école à cheval.

Ce qu'elle fit. Le lendemain, à dix heures pile, elle souleva son cheval de la véranda et, un moment plus tard, tous les gens de la petite ville se précipitèrent à leurs fenêtres pour voir quel était donc ce cheval qui avait dû s'échapper. Le cheval ne s'était nullement échappé, il s'agissait seulement de Fifi qui était un peu en retard pour aller à l'école. Elle entra dans la cour de l'école au triple galop, descendit du cheval à toute vitesse, l'attacha à un arbre, poussa la porte de la classe d'un grand coup – ce qui fit sursauter Tommy, Annika et tous leurs gentils camarades.

— Salut tout le monde ! cria Fifi en agitant son grand chapeau. Est-ce que j'arrive à temps pour la nulplication ?

Tommy et Annika avaient expliqué à leur maîtresse qu'une nouvelle devait venir et qu'elle s'appelait Fifi Brindacier. La maîtresse, qui habitait la petite ville, avait déjà entendu parler de Fifi. Et comme c'était une maîtresse très gentille, elle avait décidé de faire tout son possible pour que Fifi se plaise à l'école.

Fifi s'installa sur un banc vide, sans demander la permission à quiconque. La maîtresse ne fit pas attention à ces mauvaises manières ; elle lui dit seulement :

— Bienvenue à l'école, ma petite Fifi. J'espère que tu vas te plaire et que tu apprendras plein de choses.

— Et moi, j'espère que j'aurai des vacances de Noël ! C'est pour ça que je suis là. La justice avant tout !

— Et si tu me disais ton nom et tes prénoms afin que je puisse t'inscrire ?

— Je m'appelle Fifilotta, Provisionia, Gabardinia, Pimprenella Brindacier, fille du capitaine Éfraïm Brindacier, ex-terreur des océans, désormais roi des Cannibales. Fifi est le surnom que m'a donné mon papa, il trouvait que Fifilotta était trop long à dire.

— Dans ce cas, nous t'appellerons Fifi également. Si nous commencions par évaluer un peu tes connaissances ? Tu es une grande fille et tu sais sûrement déjà beaucoup de choses. Que dirais-tu d'un peu de calcul ? Une addition, par exemple. Combien font 7 et 5 ?

Fifi observa la maîtresse, l'air surprise et fâchée.

— Si tu ne le sais pas toi-même, ne compte pas sur moi pour trouver la solution à ta place !

Les enfants regardèrent Fifi avec horreur. La

maîtresse expliqua que l'on ne répondait pas de cette manière à l'école. On ne disait pas « tu » à la maîtresse mais « vous » et on l'appelait « Mademoiselle ».

— Excusez-moi, répondit Fifi, gênée. Je ne savais pas. Je ne recommencerai plus.

— Je l'espère bien. Et je te dirai que 7 et 5 font 12.

— Tu vois bien ! Tu le savais ! Alors, pourquoi me le demander ? Oh ! là ! là ! je t'ai encore dit « tu ». Pardon, dit Fifi en se donnant une grande claque sur l'oreille.

La maîtresse fit comme si de rien n'était et poursuivit l'interrogation :

— Eh bien, Fifi, combien font 8 et 4 ?
— Environ 67.
— Pas du tout. 8 et 4 font 12.
— Ah, mais ma petite dame, ça ne va pas du tout. Tu viens de me dire que c'est 7 et 5 qui font 12. Même dans une école, il doit y avoir un semblant d'ordre. Et puis, si tu tiens tellement à toutes ces bêtises, pourquoi ne t'installes-tu pas dans un coin en nous laissant tranquillement jouer à chat ? Oh ! là ! là ! Voilà que je t'ai encore dit « tu » ! Est-ce que tu peux me pardonner pour cette fois encore ? Je vais essayer de m'en souvenir maintenant.

La maîtresse accepta. Par contre, elle abandonna l'idée d'enseigner le calcul à Fifi. Elle interrogea d'autres élèves.

— Tommy, si Lisa a 7 pommes et si Axel en a 9, combien en ont-ils tous les deux ?

— Oui, vas-y, Tommy, intervint Fifi. Et réponds-moi à ça par la même occasion : si Lisa a mal au ventre et si Axel a encore plus mal au ventre, à qui la faute et où ont-ils fauché les pommes ?

La maîtresse fit comme si elle n'avait pas entendu et se tourna vers Annika :

— Gustav est allé en excursion avec ses camarades de classe. Il avait un franc en partant, il lui reste 15 centimes à son retour. Combien a-t-il dépensé ?

— Oui, cria Fifi, et j'aimerais bien savoir comment il a gaspillé l'argent, s'il a acheté de la limonade et s'il s'est bien lavé derrière les oreilles avant de partir.

La maîtresse décida d'abandonner complètement l'arithmétique. Peut-être Fifi aimerait-elle mieux apprendre à lire ? Elle prit alors une belle image représentant une île. Juste au-dessus de l'île, il y avait la lettre « i ».

— Regarde, Fifi, voilà quelque chose d'amusant, dit la maîtresse d'une voix encourageante. Tu vois une îîîîîîle et la lettre au-dessus de l'îîîîîîle est un « i ».

— Ça, je ne le croirai jamais ! Je trouve que ça ressemble plutôt à un trait avec une crotte de mouche par-dessus. Et j'aimerais bien savoir quel rapport il y a entre une crotte de mouche et une île.

La maîtresse sortit la planche suivante, qui représentait un serpent, et dit à Fifi que la lettre à côté était un « s ».

— À propos de serpent, je n'oublierai jamais la fois où je me suis battue contre un serpent géant, en Inde. Un serpent abominable de quatorze mètres et méchant comme une teigne. Chaque jour, il dévorait cinq Indiens – et deux enfants au dessert –, et il s'était dit que je ferais un bon dessert. Il s'est enroulé autour de moi – crac,

crac ! – mais « moi, j'ai appris des trucs en mer », que je lui ai dit, et je lui ai tapé sur la tête – Pan ! – et il a sifflé – sch, sch, sch ! – et je lui ai donné un deuxième coup sur la tête – Pan ! Aïe ! – et il est tombé raide mort. Alors, moi, toutes ces histoires de lettre « aisse », ça me paraît drôlement tiré par les cheveux...

Fifi devait tout de même reprendre son souffle de temps en temps. La maîtresse, qui trouvait que Fifi était une petite fille très turbulente, en profita pour dire aux élèves de dessiner. Au moins, Fifi resterait tranquille un moment. Et la maîtresse distribua du papier et des crayons.

— Vous pouvez dessiner tout ce que vous voudrez, dit-elle en s'installant à son bureau pour corriger les cahiers d'exercices. Quelques minutes plus tard, elle leva la tête pour voir comment les enfants se débrouillaient avec leurs dessins. Tous avaient les yeux fixés sur Fifi qui, installée par terre, dessinait allègrement.

— Mais enfin ! Fifi ! Pourquoi ne dessines-tu pas sur le papier ? demanda la maîtresse, exaspérée.

— Il y a un bon moment que je l'ai utilisé ! Mon cheval ne peut pas tenir sur un petit bout de papier ridicule ! Là, j'en suis aux jambes de devant, mais quand j'en serai à la queue, je vais me retrouver dans le couloir.

La maîtresse réfléchit longuement.

— Et si nous chantions une chanson ? proposa-t-elle.

Les enfants se levèrent tous, excepté Fifi, qui ne bougea pas du plancher.

— Mais allez-y, chantez, moi, je me repose un peu. Trop de savoir peut vous ruiner la santé, quand on manque d'entraînement.

Cette fois-ci, la patience de la maîtresse était à bout. Elle ordonna aux élèves de sortir dans la cour ; elle avait deux mots à dire à Fifi, en particulier.

Lorsque la classe fut vide, Fifi s'approcha du bureau de la maîtresse.

— Tu sais, oh pardon, vous savez, mademoiselle, c'était vachement marrant de voir ce que vous faites. Mais je ne crois pas que l'école soit pour moi. J'essaierai de m'arranger autrement pour les vacances de Noël. J'attrape mal à la tête avec toutes ces pommes, ces îîîîles et ces serpents. Mais j'espère que ça ne te fera pas de peine, maîtresse.

La maîtresse répondit que si, ça lui faisait de la peine. Surtout parce que Fifi refusait de se tenir convenablement et qu'aucune petite fille qui se conduisait aussi mal que Fifi n'aurait le droit de venir à l'école, même si elle en avait très envie.

— Je me suis mal tenue, moi ? demanda Fifi,

étonnée. Mais, mais je n'en savais rien ! dit-elle, très triste. Et Fifi avait vraiment l'air d'être la petite fille la plus triste du monde. Elle resta un moment silencieuse avant de reprendre, avec des tremblements dans la voix :

— Tu comprends, mademoiselle, quand on a une maman qui est un ange, un papa qui est roi des Cannibales et quand on a passé sa vie à courir les océans, eh bien, on ne sait pas très bien comment se tenir à l'école au milieu de toutes ces pommes et de ces îîîîîles.

La maîtresse dit qu'elle comprenait et qu'elle n'était plus triste pour Fifi. Fifi pourrait peut-être revenir à l'école quand elle serait un peu plus grande. Fifi, rayonnant de joie, dit alors :

— Je trouve que tu es drôlement gentille, mademoiselle. Tiens, c'est pour toi !

Fifi sortit de sa poche une magnifique montre en or et la déposa sur le bureau. La maîtresse dit qu'elle ne pouvait accepter un tel cadeau. Fifi l'interrompit :

— Il le faut ! Sinon, je reviendrai demain ! Et je te promets que ce sera le bazar !

Fifi traversa la cour de l'école en courant et sauta sur le dos de son cheval. Les enfants s'étaient attroupés pour caresser le cheval et regarder Fifi partir.

— Encore heureux que je connaisse l'école en

Argentine, dit Fifi en regardant de haut ses petits camarades. Vous devriez y aller ! Là-bas, les vacances de Pâques commencent trois jours après la fin des vacances de Noël. Et lorsque les vacances de Pâques sont terminées, il y a trois jours à passer avant le début des grandes vacances. Les grandes vacances se terminent le 1er novembre et il faut bûcher un peu, parce que les vacances de Noël ne commencent que le 11 novembre. Mais ça va encore, puisqu'il n'y a pas de devoirs à la maison. Les devoirs sont strictement interdits en Argentine. Oh, il arrive de temps en temps qu'un petit Argentin fasse des devoirs en cachette dans un placard, mais malheur à lui si sa maman s'en aperçoit. Et puis, là-bas, il n'est pas question de calcul. Quand quelqu'un sait combien font 5 et 7, il est envoyé au coin s'il est assez bête pour le dire à la maîtresse. La lecture, c'est le vendredi et seulement s'il y a des livres à lire. Or, là-bas, il n'y en a jamais.

— Mais alors, qu'est-ce qu'ils font à l'école ? demanda un petit garçon.

— Ils mangent des bonbons, affirma Fifi. Un tuyau relie directement l'usine de bonbons à la salle de classe. Les bonbons arrivent comme s'il en pleuvait et on en mange toute la journée. Comme ça, les enfants ont toujours de quoi s'occuper.

— Mais alors, que fait la maîtresse ? demanda une petite fille.

— Elle enlève les papiers qui enveloppent les bonbons, tiens ! Tu ne croyais tout de même pas que c'était aux élèves de le faire ! Et puis, ils n'ont même pas besoin d'aller à l'école eux-mêmes : ils envoient leur grand frère.

Et Fifi agita son chapeau.

— Allez, au revoir, les copains ! Vous ne me reverrez pas de sitôt ! Mais n'oubliez pas combien de pommes avait Axel, sinon, ça ira mal. Ha, ha, ha !

Et sur ces grands éclats de rire, Fifi franchit la porte de la cour au galop, faisant voler le gravier sous les sabots du cheval et trembler les fenêtres de l'école.

5

Perchés sur une barrière et dans un arbre

Fifi, Tommy et Annika étaient installés devant la villa *Drôlederepos.* Fifi et Annika étaient perchées sur un poteau, Tommy assis à califourchon sur la barrière. C'était une chaude et belle journée de la fin août. Un poirier, qui poussait juste à côté de la barrière, étendait ses branches si bas que les enfants pouvaient sans difficulté attraper les poires les plus mûres en tendant le bras. Ils les dévoraient et recrachaient les pépins sur la chaussée.

La villa *Drôlederepos* était située juste à la limite de la petite ville, là où commençait la campagne, là où la rue devenait une route départementale. Les habitants de la petite ville aimaient beaucoup se promener près de la villa *Drôlederepos* car on avait là les plus belles vues des environs.

Tandis que les enfants étaient en train de manger leurs poires, une petite fille s'approcha d'eux, venant de la ville. Les apercevant, elle s'arrêta et demanda :

— Vous n'auriez pas vu passer mon papa ?

— Peut-être, répondit Fifi. De quoi a-t-il l'air ? A-t-il des yeux bleus ?

— Oui.

— Un chapeau noir et des chaussures noires ?

— Oui, oui, c'est ça, répondit vivement la petite fille.

— Non, nous ne l'avons pas vu, affirma Fifi.

La petite fille eut l'air déçue et repartit sans un mot.

— Hé ! Attends un peu ! cria Fifi. Est-ce qu'il est chauve ?

— Non, il est pas chauve, répondit la petite fille, furieuse.

— Tant mieux pour lui, dit Fifi en recrachant un pépin.

La petite fille pressa le pas mais Fifi la rappela :

— Est-ce qu'il a des oreilles extraordinairement longues qui lui tombent sur les épaules ?

— Non, répondit la petite fille en se retournant, stupéfaite. Tu ne me diras pas que tu as vu passer un monsieur avec des oreilles aussi grandes ?

— Je n'ai jamais vu quelqu'un marcher avec les oreilles, répliqua Fifi. Tous les gens que je connais, eux, ils marchent avec les jambes.

— Oh ! là ! là ! Qu'est-ce que tu es bête ! As-tu déjà vu un monsieur qui a des oreilles aussi grandes ?

— Non. Un homme avec des oreilles aussi grandes, ça n'existe pas. Ça serait complètement absurde. Tu t'imagines, un peu ? On ne peut pas avoir des oreilles aussi grandes, du moins... pas dans ce pays, ajouta Fifi, après un moment de réflexion. En Chine, c'est une autre affaire. À Shanghai, j'ai vu un Chinois avec des oreilles si grandes qu'il pouvait s'en servir comme imperméable. Quand il pleuvait, il se cachait sous ses oreilles, bien au chaud et à l'abri. Bien sûr, ses oreilles étaient trempées pendant ce temps-là. S'il pleuvait vraiment très fort, il proposait à ses amis de se réfugier sous ses oreilles. Ils restaient là à chanter des chansons tristes tandis qu'il tombait des cordes. Les gens l'aimaient bien à cause de ses oreilles. Il s'appelait Haï Chang. Ah ! Si vous aviez vu Haï Chang courir à son travail le matin ! Il arrivait toujours à la dernière minute parce qu'il adorait paresser au lit. Ah ! vous ne pouvez pas vous imaginer combien il était mignon avec ses grandes oreilles déployées comme deux voiles jaunes !

La petite fille s'était arrêtée net, bouche bée. Tommy et Annika avaient cessé sur-le-champ de manger des poires. Ils ne voulaient pas perdre un mot de l'histoire de Fifi.

— Il avait plus d'enfants qu'il ne pouvait en compter et son petit dernier s'appelait Peter.

— Mais un petit Chinois ne peut pas s'appeler Peter ! objecta Tommy.

— C'est exactement ce que sa femme lui avait dit : « Un petit Chinois ne peut pas s'appeler Peter ! » Mais Haï Chang était tellement têtu qu'il avait déclaré que, soit le garçon s'appellerait Peter, soit il n'aurait pas de nom du tout. Et il s'était mis à bouder dans son coin, en se cachant la tête sous ses oreilles. Et sa pauvre femme a bien dû finir par céder et le petit garçon s'est appelé Peter.

— Vraiment ? Et alors ? demanda Annika.

— C'était le petit garçon le plus insupportable de tout Shanghai. Toujours à faire le difficile avec la nourriture, et sa maman était très malheureuse. Vous savez que l'on mange des nids d'hirondelles en Chine ? Eh bien, sa maman essayait de lui faire manger son assiette de nids d'hirondelles. « Allez, Peter, un nid d'hirondelle pour papa ! » Mais Peter serrait les dents et détournait la tête. Pour finir, Haï Chang se mit en colère et dit que l'on ne préparerait plus rien pour Peter tant qu'il n'aurait pas mangé son nid d'hirondelle pour papa. Et quand Haï Chang avait dit quelque chose, on obéissait. Le nid d'hirondelle a fait l'aller et retour cuisine-salle à manger tous les jours de mai à octobre. Le 14 juillet, la maman a supplié de préparer des boulettes de viande pour Peter mais Haï Chang a refusé.

— C'est des histoires ! dit la petite fille sur la route.

— Oui, c'est exactement ce qu'a dit Haï Chang. « C'est des histoires ! Peter peut très bien manger un nid d'hirondelle s'il arrête de faire le difficile. » Mais Peter n'a pas desserré les dents de mai à octobre.

— Mais, comment a-t-il pu survivre pendant tout ce temps ? demanda Tommy, stupéfait.

— Il n'a pas pu. Il est mort le 18 octobre, à cause de son obstination. On l'a enterré le 19. Le 20, une hirondelle a pondu un œuf dans le nid qui se trouvait sur la table. Il aura au moins servi à quelque chose ! ajouta joyeusement Fifi.

La petite fille, elle, doutait fort de l'histoire de Fifi.

— Tu as l'air toute retournée, dit Fifi. Qu'est-ce qui ne va pas ? Tu ne crois tout de même pas que je raconte des bobards, hein ? Non mais, essaie un peu ! dit-elle, menaçante et retroussant ses manches.

— Non, non, pas du tout, dit la petite fille, apeurée. Je ne dirai pas que tu racontes des histoires, mais...

— Non, et pourtant, je mens comme un arracheur de dents ! Tu crois vraiment qu'un petit garçon peut survivre de mai à octobre sans rien manger ? D'accord, on arrive peut-être à se débrouiller pendant trois, quatre mois. Mais de mai à octobre, c'est idiot ! Tu comprends bien que c'est un mensonge ! Il ne faut pas croire tout ce que les gens te racontent.

Cette fois-ci, la petite fille partit et ne se retourna pas.

— Qu'est-ce que les gens peuvent être naïfs, tout de même ! dit Fifi. De mai à octobre ! C'est tellement idiot !

Elle cria à la petite fille :

— Non, nous n'avons pas vu ton papa ! Nous n'avons pas vu un seul chauve de la journée. Par contre, hier, il en est passé dix-sept ! Bras dessus, bras dessous !

Le jardin de Fifi était vraiment ravissant. Certes, il n'était pas bien entretenu mais il comportait de magnifiques pelouses jamais tondues et de vieux rosiers couverts de roses blanches, jaunes et roses, qui, certes, n'étaient pas les plus belles mais qui sentaient très bon. Il y avait également pas mal d'arbres fruitiers et, ô merveille, quelques chênes et ormes centenaires, parfaits pour ceux qui adorent grimper aux arbres.

Par contre, le jardin de Tommy et Annika ne regorgeait pas d'arbres de ce genre. Leur maman avait trop peur qu'ils ne tombent et se blessent. C'est pour cela qu'ils n'avaient guère l'habitude de grimper aux arbres. Et voilà Fifi qui leur proposait :

— Et si nous grimpions dans ce chêne ?

Tommy sauta immédiatement de la barrière, ravi de la suggestion. Annika, elle, était un peu moins enthousiaste mais, en voyant sur le tronc les grosses bosses qui faciliteraient l'escalade, elle se dit que ce serait amusant d'essayer.

À deux mètres du sol, le chêne se divisait en deux et offrait un petit espace pour se tenir. Il ne fallut pas longtemps pour que les enfants s'y retrouvent. Le chêne déployait son feuillage comme un grand toit de verdure.

— Voilà l'endroit rêvé pour prendre son café ! s'exclama Fifi. Je cours en faire.

Tommy et Annika applaudirent et crièrent « bravo ! »

Le café fut vite prêt. Et Fifi avait déjà préparé des gâteaux la veille. Elle s'installa en bas du chêne et commença à lancer les tasses. Tommy et Annika en attrapèrent certaines, mais pas toutes. L'arbre n'était guère doué pour attraper la vaisselle. Deux tasses se brisèrent en morceaux. Mais Fifi courut en chercher d'autres. Puis ce fut au tour des gâteaux de voltiger. Au moins, eux ne se cassaient pas. Pour finir, Fifi grimpa dans l'arbre en s'agrippant d'une main. De l'autre, elle tenait la cafetière. La bouteille de lait et le sucre se trouvaient dans sa poche.

Tommy et Annika eurent l'impression de n'avoir jamais bu un aussi bon café. Il faut dire qu'ils ne buvaient pas du café tous les jours, sauf quand ils étaient invités. Et, en ce moment précis, ils étaient bien invités chez quelqu'un. Annika renversa un peu de café sur ses genoux. Ce fut tout d'abord chaud et humide, puis froid et humide, mais ça ne faisait rien, assura-t-elle.

Une fois le café terminé, Fifi lança les tasses sur la pelouse.

— Je voulais voir si la porcelaine était toujours aussi solide de nos jours.

Une tasse et trois soucoupes résistèrent au choc. Le bec verseur de la cafetière ne supporta pas l'atterrissage.

Soudain, Fifi décida de grimper un peu plus haut dans l'arbre.

— Je n'ai jamais vu une chose pareille, s'écria-t-elle. L'arbre est creux !

Le feuillage dissimulait un gros trou dans le tronc.

— Oh ! Est-ce que je peux grimper moi aussi ? demanda Tommy. Pas de réponse.

— Fifi, où es-tu passée ? cria-t-il, inquiet.

Les deux enfants entendirent alors la voix de Fifi qui venait non d'en haut, mais d'en bas. Ils crurent même qu'elle sortait de terre.

— Je suis à l'intérieur de l'arbre. Il est creux jusqu'au sol. Et j'aperçois la cafetière dans l'herbe, à travers une petite fente dans le tronc.

— Oh ! là ! là ! Mais comment vas-tu ressortir ? cria Annika.

— Je ne ressortirai jamais ! Je vais rester là jusqu'à ma retraite. Vous viendrez m'apporter à manger par le trou, là-haut. Cinq ou six fois par jour.

Annika se mit à pleurer.

— Pourquoi pleures-tu ? Allez, venez me rejoindre. On va jouer aux prisonniers qui meurent de faim dans leur cachot.

— Jamais de la vie ! s'écria Annika qui, pour plus de sûreté, descendit immédiatement de l'arbre.

— Annika, je te vois par la fente ! s'exclama Fifi. Ne marche pas sur la cafetière ! C'est une bonne vieille cafetière qui n'a jamais fait de mal à personne. Ce n'est pas sa faute si elle n'a plus de bec verseur.

Annika s'approcha du tronc et vit le bout de l'index de Fifi dépasser d'une petite fente. Cela la rassura un peu, mais pas complètement.

— Fifi, tu ne peux vraiment pas regrimper ?

L'index de Fifi disparut et il fallut une minute avant que sa tête ne resurgisse du trou en haut de l'arbre.

— Peut-être, si j'essaie de toutes mes forces, dit-elle en écartant le feuillage.

— Si c'est aussi facile de remonter, dit Tommy qui se trouvait encore dans l'arbre, je descends aussi jouer à mourir de faim.

— Non, dit Fifi, je crois qu'il vaudrait mieux aller chercher une échelle.

Elle s'extirpa du trou et se laissa glisser le long

du tronc. Elle courut chercher une échelle, la hissa dans l'arbre et la fit descendre à l'intérieur.
Tommy brûlait d'envie de descendre. Il était assez difficile de grimper jusqu'au trou qui se trouvait bien haut, mais Tommy était courageux. Et il n'avait pas davantage peur de tomber dans le trou sombre. Annika le vit disparaître et se demanda longuement si elle allait jamais le revoir. Elle essaya de regarder à travers la fente. Puis elle entendit la voix de son frère :

— Annika, tu ne peux pas t'imaginer à quel point c'est formidable ! Il faut que tu viennes. Ce n'est pas du tout dangereux lorsqu'il y a une échelle. Si tu essaies une seule fois, tu ne voudras plus jamais rien faire d'autre.

— Tu en es sûr ?
— Absolument.

Les jambes tremblantes, Annika regrimpa dans l'arbre et Fifi l'aida pour la dernière partie difficile. Annika eut un mouvement de recul en découvrant combien il faisait noir à l'intérieur de l'arbre. Mais Fifi lui tenait la main et l'encourageait. Elle entendit la voix de Tommy :

— N'aie pas peur, Annika. J'aperçois tes jambes et je te rattraperai si tu tombes.

Annika ne tomba pas et rejoignit son frère en un seul morceau. Une seconde après, Fifi arrivait elle aussi.

— N'est-ce pas formidable ? demanda Tommy.

Annika dut l'admettre. Il ne faisait nullement aussi sombre qu'elle ne l'avait craint, à cause de la lumière de la fente. Annika s'approcha et vérifia que l'on voyait bien la cafetière sur la pelouse.

— Ça sera notre cachette ! s'écria Tommy. Personne ne devinera notre présence ici. Si quelqu'un nous cherche, on le verra à travers la fente. Et on rigolera bien.

— On pourra aussi chatouiller les gens avec une branche, dit Fifi. Ils croiront qu'il y a des fantômes !

Les enfants se congratulèrent, ravis de cette idée. Ils entendirent le gong qui sonnait le dîner chez Tommy et Annika.

— Quel dommage ! dit Tommy. Il faut que nous partions. Mais nous reviendrons demain dès que nous serons rentrés de l'école.

— Entendu, répondit Fifi.

Ils grimpèrent à l'échelle, Fifi en premier, suivie d'Annika et de Tommy. Et ils descendirent de l'arbre, toujours dans le même ordre.

6

Fifi organise un pique-nique

— Nous n'avons pas classe aujourd'hui, dit Tommy à Fifi. On nettoie l'école.

— Ah ! s'écria Fifi, encore une injustice ! Moi, j'ai pas de congé pour faire le nettoyage et pourtant, j'en aurais bien besoin. Regardez-moi un peu le plancher de la cuisine ! Mais bon, quand j'y réfléchis, je n'ai pas besoin de congé pour nettoyer. Et je vais le faire tout de suite, congé de nettoyage ou pas. Et j'aimerais bien voir celui qui m'en empêchera ! Allez, installez-vous sur la table, comme ça, vous ne serez pas dans mes jambes.

Tommy et Annika obéirent et se tassèrent sur

la table. Ils furent rejoints par M. Nilsson qui se nicha sur les genoux d'Annika.

Fifi fit bouillir une grande bassine d'eau qu'elle renversa sans cérémonie sur le sol de la cuisine. Puis elle ôta ses grandes chaussures et les déposa sur la planche à pain. Puis elle attacha deux grosses brosses à lessiver à ses pieds nus et patina sur le plancher – splash, splash !

— J'aurais dû devenir une star du patinage, dit-elle en levant la jambe bien droit – la brosse de son pied gauche brisant au passage un morceau du lustre.

— Mais au moins, j'ai de la grâce et du style, dit-elle en sautant prestement par-dessus une chaise qui se trouvait sur son chemin.

— Bon, ça m'a l'air propre maintenant, dit-elle en enlevant les brosses.

— Tu ne vas pas sécher le plancher ? demanda Annika.

— Ça séchera tout seul, répondit Fifi. Et je ne pense pas que le plancher va attraper froid. Il n'a qu'à s'activer un peu !

Quittant la table avec difficulté, Tommy et Annika firent très attention où ils posaient les pieds, afin de ne pas tremper leurs affaires.

Le soleil brillait dans un ciel bleu sans nuage : c'était une magnifique journée de septembre, une de ces journées où l'on a envie d'aller se promener en forêt. Fifi eut une idée :

— Que diriez-vous si nous allions faire un pique-nique avec M. Nilsson ?

— Oh oui ! crièrent Tommy et Annika, fous de joie.

— Courez demander la permission à votre maman ; pendant ce temps, je m'occupe du déjeuner.

Tommy et Annika trouvèrent l'idée excellente. Ils foncèrent chez eux et ne tardèrent pas à revenir. Fifi les attendait déjà devant la grille avec M. Nilsson juché sur l'épaule, la canne de randonneur dans une main et un gros panier dans l'autre main.

Les enfants suivirent d'abord la route départementale, puis ils passèrent dans un champ et un joli petit chemin qui serpentait parmi les bouleaux et les noisetiers. Ils arrivèrent à une clôture, derrière laquelle se trouvait un champ plus joli encore. Mais une vache s'était fermement installée devant la barrière. Annika lui cria de bouger, Tommy s'avança courageusement pour essayer de la faire avancer – mais elle ne bougea pas d'un poil et continua de regarder fixement les enfants de ses gros yeux de vache. Fifi mit fin à cet épisode à sa manière : elle posa le panier, s'approcha de la vache et la souleva. L'animal disparut au milieu des arbres, perplexe.

— Vraiment, ce que les vaches peuvent être obstinées, dit Fifi en sautant par-dessus la clôture. Avec quel résultat ? Eh bien, les taureaux le sont aussi ! C'est vraiment stupide quand on y pense.

— Quel champ magnifique ! s'écria Annika, enchantée, sautant sur tous les rochers qu'elle voyait. Tommy avait emporté le canif que Fifi lui avait donné et il tailla une canne pour lui et sa sœur. Il se coupa un peu au pouce, mais ce n'était pas grave.

— Nous devrions peut-être ramasser des champignons, dit Fifi en cueillant une magnifique amanite rougeâtre. Mais je me demande si celui-ci est comestible. En tout cas, on ne peut pas le boire, c'est tout ce que je sais. Ça ne nous laisse pas beaucoup de choix. Peut-être est-il bon à manger ?

Elle mordit un gros morceau de champignon et l'avala.

— Bon, on aura sûrement l'occasion de le faire cuire un peu plus tard, dit-elle en le jetant loin, loin, par-dessus la cime des arbres.

— As-tu quelque chose de bon dans ton panier, Fifi ? demanda Annika.

— Je ne te le dirais pas pour tout l'or du monde. Il nous faut d'abord trouver un coin agréable où nous installer.

Les enfants se mirent activement à la recherche d'un tel endroit. Annika trouva un gros rocher plat qui lui semblait parfaitement approprié mais il grouillait de fourmis rouges.

— Je ne veux pas m'asseoir avec elles ! s'exclama Fifi, je ne les connais pas.

— Oui, et elles mordent, par-dessus le marché, dit Tommy.

— Elles mordent ? Eh bien, rends-leur la monnaie de leur pièce !

Tommy aperçut une petite clairière entre deux rangées de noisetiers. L'endroit lui sembla idéal pour pique-niquer.

— Non, non, il n'y a pas assez de soleil pour mes taches de rousseur ! dit Fifi. Et j'y tiens beaucoup.

Un peu plus loin, il y avait une petite colline, facile à escalader. Et sur la colline, il y avait une petite terrasse ensoleillée, comme un balcon. Les trois enfants s'y installèrent.

— Vous allez fermer les yeux pendant que je mets le couvert.

Tommy et Annika fermèrent les yeux aussi fort que possible et ils entendirent Fifi ouvrir le panier et en sortir des tas de choses, le tout dans un grand froissement de papier.

— Un, deux, dix-neuf, vous pouvez regarder maintenant !

Tommy et Annika n'en crurent pas leurs yeux en voyant toutes les bonnes choses que Fifi avait apportées sur la colline déserte : de délicieux petits sandwiches à la viande et au jambon, une pile de crêpes au sucre, des petites saucisses et trois gâteaux à l'ananas. N'oubliez pas que Fifi avait appris bien des choses avec le cuisinier du bateau de son papa.

— Oh ! là ! là ! Les congés pour nettoyage sont formidables, dit Tommy, la bouche pleine. Si seulement il y en avait tous les jours.

— Vois-tu, dit Fifi, je ne tiens pas à nettoyer tous les jours. C'est amusant, bien sûr, mais tous les jours, ça serait lassant.

Pour finir, les enfants avaient tellement mangé qu'ils pouvaient à peine bouger. Ils restèrent donc allongés au soleil, profitant du moment.

— Je me demande s'il est difficile de voler, dit Fifi en regardant rêveusement au bord de la terrasse. De ce côté de la colline, la paroi descendait presque à pic.

— On doit sûrement pouvoir voler vers le bas, poursuivit-elle. Je suis sûre que vers le haut, c'est plus difficile. Dans ce cas, autant commencer par le plus facile, non ? Allez, je crois bien que je vais essayer !

— Non, Fifi, s'écrièrent Tommy et Annika. Non, Fifi, s'il te plaît !

Mais Fifi se trouvait déjà sur le bord de la colline.

— Vole, sale mouche, vole ; et la sale mouche s'est envolée.

À l'instant même où Fifi dit « s'est envolée », elle étendit les bras et sauta dans le vide. Une demi-seconde plus tard, on entendait un bruit sourd. « Boum ! » : c'était Fifi qui heurtait le sol. Terrifiés, Tommy et Annika se penchèrent prudemment pour voir ce qui était arrivé à Fifi. Celle-ci se releva en se frottant les genoux.

— J'ai oublié de battre des bras, dit-elle joyeusement. Et puis, j'avais trop de crêpes dans le ventre.

À ce moment, les enfants s'aperçurent que M. Nilsson avait disparu. Selon toutes les apparences, il avait entrepris sa petite excursion personnelle. Les enfants se rappelèrent l'avoir vu dévorer et mettre en pièces le panier du piquenique, mais ils l'avaient oublié tandis que Fifi s'essayait à voler. Et M. Nilsson, lui, s'était envolé.

Fifi fut tellement furieuse qu'elle lança une de ses chaussures dans une grande mare profonde.

— Il ne faudrait jamais emmener de singe avec soi en excursion. Il aurait dû rester à la maison à enlever les puces du cheval. C'est tout ce qu'il méritait, dit Fifi en s'enfonçant dans la mare pour rechercher sa chaussure. Elle eut de l'eau jusqu'à la taille.

— Tiens, je pourrais en profiter pour me laver les cheveux, dit Fifi en plongeant la tête sous l'eau si longtemps que des bulles remontèrent à la surface.

— Voilà, ça m'évitera d'aller chez le coiffeur, poursuivit-elle, satisfaite, lorsqu'elle finit par réapparaître. Elle sortit de l'eau et enfila sa chaussure. Les enfants se mirent à la recherche de M. Nilsson.

— Écoutez un peu les bruits que ça fait quand je marche : mes vêtements font « floc, floc ! » et mes chaussures « splash, splash ! » Qu'est-ce que c'est rigolo ! Tu devrais essayer aussi, Annika. Mais cette dernière était bien coiffée et portait une robe rose et des petites chaussures blanches en cuir.

— Une autre fois, répondit la sage Annika.

Ils continuèrent leurs recherches.

— Je suis vraiment furieuse contre M. Nilsson, dit Fifi. Il m'a déjà fait le coup. Une fois, à Sourabaya, il s'est échappé et s'est fait engager comme domestique chez une vieille veuve... Non, ça, c'est un mensonge, bien sûr, ajouta-t-elle après une pause.

Tommy proposa que chacun cherche de son côté. Annika avait un peu peur et, tout d'abord, ne voulut pas, mais son frère ajouta :

— Tu n'es quand même pas une poule mouillée !

Bien entendu, Annika ne pouvait pas tolérer un

tel affront et les trois enfants partirent chacun dans une direction.

Tommy s'engagea dans un pré. Il ne trouva pas M. Nilsson. Non, il trouva autre chose : un taureau ! Pour être exact, c'est le taureau qui trouva Tommy, et le taureau n'aimait pas du tout Tommy. Précisons qu'il s'agissait d'un taureau très coléreux et qui n'aimait pas du tout les enfants. L'animal fonça tête baissée en poussant un mugissement abominable, et Tommy poussa un cri de panique qui résonna dans tout le bois. Fifi et Annika l'entendirent également et se précipitèrent pour voir ce que Tommy voulait dire avec son cri. Le taureau avait déjà donné un coup de corne à Tommy et l'avait projeté en l'air.

— Quel taureau mal élevé ! dit Fifi à Annika qui pleurait comme une Madeleine. Ça ne se fait pas. Il est en train de salir le joli costume marin de Tommy. Il est temps que je dise deux mots à ce taureau.

Fifi courut vers l'animal et l'attrapa par la queue.

— Excusez-moi de vous déranger, dit-elle en tirant si fort que le taureau se retourna. Et il aperçut un autre enfant, à qui il voulut immédiatement donner un coup de corne.

— Je disais donc, excusez-moi de vous déranger, répéta-t-elle. Et excusez-moi de déranger l'ordre de vos cornes, dit-elle en en cassant une tout net. La mode n'est pas du tout à deux cornes cette année. Vraiment, vous n'êtes pas à la page. Cette année, tous les taureaux ne portent qu'une seule corne, voire pas du tout, ajouta-t-elle en cassant net la seconde corne.

Le taureau ne savait pas qu'il n'avait plus de cornes – les taureaux ne sentent rien à cet endroit-là. Il continuait donc à donner de grands coups, et un enfant autre que Fifi se serait retrouvé en bouillie.

— Ha, ha, ha ! Arrêtez de me chatouiller ! cria Fifi. Arrêtez, arrêtez ! Je suis trop chatouilleuse ! Arrêtez, arrêtez, je meurs de rire !

Mais le taureau n'arrêta pas et Fifi finit par sauter sur son dos afin d'avoir un moment de calme. Bien entendu, le calme n'était pas au rendez-vous car le taureau n'appréciait pas du tout d'avoir Fifi sur le dos. Il exécuta les pires cabrioles pour se débarrasser d'elle mais elle tint bon. Le taureau parcourut le pré de long en large en soufflant si fort que de la fumée sortait presque de ses naseaux. Fifi riait, riait en faisant de grands signes à Tommy et Annika qui étaient tapis dans un coin et tremblaient comme des feuilles. Le taureau tournait dans tous les sens pour se libérer de Fifi.

— Regardez-moi danser, avec mon p'tit ami, chantonnait Fifi, toujours juchée sur l'animal. Pour finir, le taureau épuisé s'allongea, ne rêvant que d'une seule chose : qu'il n'y ait pas d'enfants dans ce monde. Du reste, les enfants ne lui avaient jamais paru bien nécessaires.

— Allons bon, c'est l'heure de votre sieste ? demanda poliment Fifi. Dans ce cas, je ne vais pas vous déranger.

Elle descendit du dos du taureau et rejoignit Tommy et Annika. Tommy avait pleuré un peu. Il était blessé au bras mais Annika l'avait pansé avec son mouchoir et il n'avait plus mal.

— Oh, Fifi ! cria Annika, tout excitée.

— Chut ! Ne réveille pas le taureau ! Ne le réveillons pas ou il va encore faire des histoires ! chuchota Fifi.

— Monsieur Nilsson, monsieur Nilsson ! Où es-tu ? cria-t-elle la minute d'après, sans se soucier de la sieste du taureau. Allez, c'est l'heure de rentrer !

Et, du reste, M. Nilsson était justement perché sur une branche d'un sapin. Il mâchonnait sa queue, l'air attristé. Ce n'était pas drôle pour un petit singe d'être abandonné dans un bois. Il sauta du sapin sur l'épaule de Fifi et secoua énergiquement son chapeau de paille – ce qu'il faisait toujours lorsqu'il était très content.

— Ah bon ! Tu ne t'es pas fait engager comme domestique cette fois-ci, dit Fifi en lui caressant le dos. Ah ! c'était une blague, pas vrai ? Mais, mais... Quand on saura la vérité, vous verrez qu'il s'était peut-être bien fait engager comme domestique à Sourabaya ! Eh bien, si c'est le cas, je sais qui va faire le dîner à partir d'aujourd'hui !

Et ils rentrèrent, Fifi avec des vêtements toujours dégoulinants et des chaussures toujours gorgées d'eau. Tommy et Annika trouvèrent qu'ils avaient passé une journée magnifique – malgré le taureau – et ils chantèrent une chanson apprise à l'école. Certes, il s'agissait d'une chanson d'été et certes, on était presque en automne, mais elle était de circonstance.

*— C'est l'été, c'est l'été,
on marche dans les grands prés,
c'est l'été, c'est l'été,
personne ne traîne les pieds.
Allez les gars, reprenez avec moi,
on chante fort et haut : hé ho !
Ne vous défilez pas,
même le sommet le plus haut
ne découragera pas
notre troupe de héros !
C'est l'été, c'est l'été,
on chante fort et haut : hé ho !*

Fifi chanta aussi, mais avec ses paroles à elle :

*— C'est l'été, c'est l'été,
je marche dans les grands prés,
c'est l'été, c'est l'été,
je fais tout ce qui me plaît.
Et sur les rocs mes habits font « floc ! floc ! »*

*Et dans mes pompes, est-ce que je me fâche,
mais oui, ça fait « splash ! splash ! »
Mais si le taureau est tombé sur la tête,
moi, j'suis trempée des pieds à la tête !
C'est l'été, c'est l'été,
je chante fort et haut : hé ho !*

7

Fifi au cirque

Un cirque était arrivé dans la toute petite ville, et tous les enfants s'empressèrent de supplier leurs parents de les y emmener. Tommy et Annika n'étaient pas en reste et leur gentil papa leur donna quelques pièces de monnaie.

Tenant l'argent serré dans leur main, ils se précipitèrent chez Fifi. Celle-ci se trouvait dans la véranda. Elle était en train de tresser la queue de son cheval en petites nattes qu'elle ornait de rubans rouges.

— Je crois que c'est son anniversaire aujourd'hui. Il faut le faire beau.

— Fifi, dit Tommy tout essoufflé d'avoir couru aussi vite, veux-tu venir au cirque avec nous ?

— Je fais ce qu'il me plaît. Mais je ne sais pas si j'ai envie d'aller au « sique » parce que je ne sais pas ce que c'est, le « sique ». Ça fait mal ?

— Ce que tu es bête ! reprit Tommy. Ça ne fait pas mal ! C'est amusant, le cirque ! Il y a des chevaux, des clowns et de belles dames qui marchent sur la corde raide.

— Mais ça coûte de l'argent, ajouta Annika en ouvrant sa main afin de vérifier que les pièces brillantes s'y trouvaient encore.

— Moi, je suis riche comme une fée, et j'ai de quoi m'acheter un « sique » si ça me chante. Quoique, avec plusieurs chevaux, je risque de me retrouver un peu à l'étroit. J'arriverai bien à tasser les clowns et les belles dames dans la buanderie, mais ça ne marchera pas avec les chevaux.

— Quelles sornettes ! reprit Tommy. Un cirque, ça ne s'achète pas. Ça coûte de l'argent pour y entrer et regarder le spectacle !

— Au secours ! cria Fifi en fermant les yeux. Ça coûte de l'argent pour regarder ? Et moi qui passe mon temps à ça ! Oh ! là ! là ! Mais combien d'argent ai-je déjà dépensé à regarder ?

Fifi ouvrit prudemment un œil et observa autour d'elle.

— Ça coûtera ce que ça coûtera, mais il faut bien que je jette un coup d'œil, ajouta-t-elle.

Tommy et Annika parvinrent cependant à expliquer à Fifi ce qu'était un cirque, et cette dernière prit quelques pièces d'or dans sa valise. Puis elle enfourcha son cheval – qui était gros comme une roue de moulin – et ils se dirigèrent vers le cirque.

Ça grouillait de monde devant le chapiteau et une longue file d'attente s'était déjà formée devant le guichet. Enfin, vint le tour de Fifi. Elle passa la tête par la fenêtre du guichet et dévisagea la vieille dame à l'intérieur :

— Ça coûte combien de te regarder ?

Mais la vieille dame était étrangère et elle ne comprit pas ce que Fifi lui disait. Elle se contenta de répondre :

— Ma petite fille, cha coûte cinq francs au premier rang, trois francs aux autres places et un franc aux places tebout.

— Bien, bien, mais il faut me promettre que vous aussi vous marcherez sur la corde raide.

Tommy intervint et dit que Fifi voulait une place assise, à trois francs. Fifi tendit une pièce d'or que la vieille dame examina avec méfiance. Elle la mordit même pour s'assurer de son authenticité. Quand elle fut sûre et certaine qu'il s'agissait bien d'une pièce d'or, elle donna un ticket à Fifi et lui rendit un tas de pièces de monnaie.

— Mais qu'est-ce que je vais faire de tout ce tas de pièces blanches ? demanda Fifi, fâchée. Gardez-le, comme ça je vous regarderai deux fois, d'une place *tebout* !

Comme Fifi refusait de prendre sa monnaie, la dame échangea son ticket contre un autre pour le premier rang. Elle donna également ces places à Tommy et Annika, sans qu'ils aient rien à payer. Fifi, Tommy et Annika se retrouvèrent ainsi installés dans de beaux fauteuils rouges, juste au bord de la piste. Tommy et Annika se retournèrent plusieurs fois pour saluer leurs camarades d'école qui étaient plusieurs rangées derrière.

— Ça m'a l'air d'une drôle de baraque, dit Fifi en regardant autour d'elle. Je vois que quelqu'un a renversé de la sciure par terre. J'voudrais pas faire la difficile, mais ils m'ont l'air un peu fâchés avec le ménage, ces gens-là.

Tommy expliqua à Fifi qu'on mettait de la sciure sur le sol dans tous les cirques, pour que les chevaux puissent galoper.

L'orchestre du cirque, installé sur une estrade, entonna une marche endiablée. Fifi applaudit et sauta de joie sur son siège.

— Est-ce qu'il faut payer aussi pour écouter ?

À ce moment, on écarta le rideau de l'entrée

des artistes et le directeur du cirque fit son apparition, vêtu d'un costume noir et le fouet à la main, accompagné de dix chevaux blancs avec des plumes rouges sur la tête.

Le directeur fit claquer son fouet et les chevaux galopèrent autour de la piste. Le fouet claqua une deuxième fois et les chevaux se dressèrent et posèrent leurs pattes avant sur la barrière qui entourait la piste. Un cheval s'était arrêté juste devant les enfants. Annika n'aimait pas qu'un cheval soit aussi près d'elle et elle recula dans son fauteuil autant qu'elle put. Fifi, par contre, se pencha, saisit la jambe droite du cheval et lui dit :

— Salut ! Tu as le bonjour de mon cheval ! C'est aussi son anniversaire aujourd'hui. Mais lui, il a des rubans dans la queue au lieu de plumes sur la tête.

Par chance, Fifi relâcha la jambe du cheval avant que le directeur ne fasse une nouvelle fois claquer son fouet et que les chevaux ne se remettent à galoper.

Le numéro terminé, le directeur s'inclina bien bas pour saluer et les chevaux disparurent. La seconde suivante, le rideau se rouvrit pour laisser le passage à un cheval noir comme du charbon, portant sur son dos une belle dame vêtue d'un maillot en soie verte. Le programme indiquait son nom : Miss Carmencita.

Le cheval trottait dans la sciure, avec Miss Carmencita sur son dos, calme et souriante. Mais, à l'instant où le cheval passa devant la place de Fifi, quelque chose traversa l'air en sifflant. Fifi en personne. Et voilà qu'elle se retrouvait sur le dos du cheval, derrière Miss Carmencita ! Miss Carmencita en fut tellement surprise qu'elle faillit tomber de cheval. Elle se mit en colère et donna des coups derrière elle pour faire descendre Fifi. Sans succès.

— Calmez-vous un peu ! dit Fifi. Vous n'êtes pas la seule à vouloir s'amuser. Je vous rappellerai que certains ont même payé pour ça !

Miss Carmencita voulut alors descendre de cheval mais elle n'y parvint pas davantage : Fifi la tenait fermement par la taille. Les spectateurs ne purent s'empêcher de rire. C'était tellement drôle de voir la belle Miss Carmencita maintenue en place par la petite rouquine aux grandes godasses qui donnait l'impression d'avoir fait du cirque toute sa vie.

Mais le directeur, lui, ne riait pas du tout. Il fit signe à deux assistants en costume rouge d'arrêter le cheval.

— Le numéro est déjà terminé ? demanda Fifi, déçue. Juste au moment où on commençait à s'amuser !

— Zale gamine ! siffla le directeur entre les dents, fiche le camp !

Fifi le regarda, consternée.

— Eh bien quoi ? Pourquoi êtes-vous en colère après moi ? Je croyais qu'on était là pour s'amuser ?

Fifi sauta du cheval et regagna sa place. Deux gros costauds l'attendaient pour la mettre à la porte. Ils la saisirent et essayèrent de la soulever.

En vain. Impossible de lui faire quitter sa place, et pourtant, ils y allaient de toutes leurs forces. Les costauds haussèrent les épaules et laissèrent tomber.

Pendant ce temps, le numéro suivant avait commencé. C'était Miss Elvira et son numéro de corde raide. Elle portait une jupette de tulle rose et tenait une ombrelle rose à la main. À petits pas précis, elle dansait sur la corde. Elle fit le grand écart et toutes sortes de cabrioles. C'était très mignon. Elle savait aussi marcher à reculons sur cette même corde. En revenant sur la petite plate-forme au bout de la corde, elle se retourna et... se retrouva nez à nez avec Fifi.

— Hein, qu'est-ce que vous dites de ça ? dit Fifi en voyant l'air ébahi de Miss Elvira.

Miss Elvira n'en dit rien du tout : elle quitta les lieux et sauta dans les bras du directeur qui n'était autre que son papa. Et le directeur fit signe à ses assistants de déloger Fifi. Cette fois-ci, il en envoya cinq. Mais les spectateurs ne l'entendirent pas de cette oreille :

— Laissez-la tranquille ! On veut un autre numéro de la petite rouquine !

Les spectateurs tapèrent des pieds et des mains.

Fifi sauta sur la corde et, comparée à elle, Miss Elvira n'y connaissait rien. Arrivée au milieu de la corde, Fifi tendit une jambe sur le côté, de sorte que sa grande chaussure formait comme un toit au-dessus de sa tête. Puis elle inclina doucement le pied, comme si elle allait se gratter derrière l'oreille.

Le directeur n'était absolument pas content du spectacle que Fifi donnait dans son cirque. Il voulait se débarrasser d'elle. Il se faufila dans un coin et débloqua le mécanisme qui maintenait la corde tendue, certain que Fifi allait tomber.

Pas du tout. Fifi fit osciller la corde de plus en plus vite et – hop ! – elle prit son envol et atterrit droit sur les épaules du directeur. Ce dernier eut si peur qu'il se mit à courir.

— Voilà enfin un cheval rigolo ! dit Fifi. Mais pourquoi n'as-tu pas de plumes sur le caillou ?

Au bout d'un moment, Fifi trouva qu'il était temps de rejoindre Tommy et Annika. Elle abandonna donc le directeur et revint s'asseoir dans l'attente du numéro suivant. Il s'écoula un certain temps avant qu'il ne commence car le directeur dut d'abord sortir boire un verre d'eau et se repeigner. Dès son retour sur la piste, il s'inclina et salua le public :

— Mestames et mezieurs ! Dans zune seconde, fous allez foir un tes plus grands miracles de dous les temps, l'homme le plus vort du monte, Arthur le Costaud, qui n'a chamais zété battu. Applaudissez très vort ! Arthur le Costaud !

Un géant apparut sur la piste, vêtu d'un maillot couleur chair, une peau de léopard nouée autour du ventre. Il s'inclina devant les spectateurs, l'air très satisfait de lui-même.

— Recardez-moi ces muscles ! dit le directeur en tâtant les biceps d'Arthur le Costaud qui étaient gonflés au point de former de grosses boules sous sa peau.

— Et maindenant, mestames et mezieurs, che vais fous faire une offre ekzepzionnelle ! Qui parmi fous osera lutter contre Arthur le Costaud, qui osera défier l'homme le plus fort du monde ? J'offre zent francs à celui qui pourra battre Arthur le Costaud, zent francs ! Réfléchissez bien, mestames et mezieurs ! S'il vous plaît ! Qui veut tenter sa chance ?

Personne ne s'avança.

— Qu'est-ce qu'il a dit ? demanda Fifi. Et pourquoi ne parle-t-il pas correctement, comme tout le monde ?

— Il a dit que celui qui parviendra à casser la figure à ce gros lard empochera cent balles, traduisit Tommy.

— Moi, je peux, dit Fifi. Mais ça me fait de la peine, il a l'air si gentil.

— Mais... mais... Fifi, tu ne peux pas, ajouta Annika, c'est l'homme le plus fort du monde !

— Oui, j'entends bien, *l'homme*. Mais n'oublie pas que, moi, je suis *la petite fille* la plus forte du monde.

Pendant ce temps-là, Arthur le Costaud tuait le temps en soulevant des enclumes et en tordant d'épaisses barres d'acier, histoire de montrer sa force.

— Allons, mezieurs, cria le directeur, n'y a-t-il fraiment parmi fous personne qui aimerait cagner zent francs ? Fais-che être obliché de garter ze bel archent pour moi ? dit-il en agitant le billet de cent francs.

— Non, je ne crois *fraiment* pas, dit Fifi en sautant par-dessus la barrière qui la séparait de la piste.

Le directeur faillit devenir fou en apercevant Fifi une nouvelle fois.

— Fiche le camp ! Fa-t'en ! Che ne feux plus te foir !

— Mais pourquoi êtes-vous toujours aussi malpoli ! lui dit Fifi sur un ton de reproche. Je veux tout simplement me battre contre Arthur le Costaud.

— Ze n'est pas le moment te blaguer ! dit le directeur. Fa-t'en afant qu'Arthur le Costaud n'entende tes impertinences !

Fifi oublia le directeur et alla droit vers Arthur le Costaud. Elle lui serra sa grosse main.

— Allez, on va se faire une petite séance de lutte, toi et moi.

Arthur le Costaud la regarda sans rien comprendre.

— J'attaque dans une minute ! dit-elle.

Ce qu'elle fit. Elle s'empara vigoureusement de lui et, avant qu'il ait eu le temps de dire ouf, il était au tapis. Arthur le Costaud se releva, tout rouge.

— Hourra, Fifi ! crièrent Tommy et Annika, leur hourra repris en chœur par le public. Assis sur la barrière, le directeur s'arrachait les cheveux. Il était en colère. Mais Arthur le Costaud était plus qu'en colère, il était furieux. Il n'avait jamais été aussi humilié de toute sa vie. Et il allait montrer à cette rouquine de quel bois il se chauffait. Il fonça sur Fifi et la saisit de toutes ses forces. Fifi ne bougea pas d'un millimètre, solide comme un roc.

— Je suis sûre que tu peux faire mieux que ça, dit-elle pour l'encourager. Elle se dégagea de son emprise et, une seconde plus tard, Arthur le Costaud se retrouvait une nouvelle fois au tapis. Fifi, impassible, attendit tranquillement qu'il se relève. Ce qui ne tarda pas. Le lutteur se releva en hurlant et se rua vers elle.

— Pique-nique-douille, c'est-toi-l'andouille ! répliqua Fifi.

Les spectateurs tapaient des pieds en lançant

en l'air leurs casquettes et leurs chapeaux, ils criaient tous : « Hourra, Fifi ! »

Lors de cette troisième charge, Fifi souleva Arthur le Costaud et lui fit faire un tour de piste complet. Et le géant mordit la poussière pour la troisième fois. Mais cette fois-ci, elle le maintint fermement à terre.

— Bon, mon p'tit bonhomme, c'est plus la peine d'insister. On s'amuse bien, mais les plaisanteries les plus courtes sont les meilleures.

— Fifi a gagné ! Fifi a gagné ! crièrent tous les spectateurs. Arthur le Costaud s'éclipsa le plus vite qu'il put. Et le directeur fut bien obligé de tendre à Fifi le billet de cent francs promis – alors qu'il aurait surtout voulu l'avaler toute crue.

— S'il fous plaît, matemoizelle ! S'il fous plaît, voilà vos zent francs !

— Non, mais, dit-elle d'un air dégoûté, qu'est-ce que je vais faire de ce chiffon de papier ? Gardez-le et faites-en des confettis !

Et elle regagna sa place.

— En tout cas, voilà un « sique » bien longuet, confia-t-elle à Tommy et Annika. Un petit somme n'a jamais fait de mal à personne. Mais réveillez-moi s'ils ont encore besoin d'un coup de main.

Fifi s'enfonça confortablement dans son fauteuil et s'endormit immédiatement. Elle ronflait tandis que les clowns, les avaleurs de sabre et les hommes-serpents effectuaient leurs tours pour Tommy, Annika et tous les autres spectateurs.

— Mais moi, je trouve que Fifi est de loin la meilleure, chuchota Tommy à l'oreille d'Annika.

8

Fifi et les deux voleurs

Après ses démonstrations au cirque, aucun habitant de la petite ville n'ignorait plus la force terrible de Fifi. On en parlait même dans le journal. Mais les gens qui habitaient ailleurs, eux, ne le savaient pas, bien entendu.

Par un sombre soir d'automne, deux clochards passèrent devant la villa *Drôlederepos*. En fait, c'étaient deux affreux voleurs qui parcouraient le pays à la recherche de choses à chaparder. Ils virent la lumière aux fenêtres de la villa *Drôlederepos* et décidèrent d'entrer demander un sandwich.

Ce soir-là, Fifi avait renversé ses pièces d'or sur

le sol de la cuisine et elle les comptait. Certes, elle ne savait pas compter mais elle le faisait quand même. Juste pour garder les choses en ordre.

— Cinquante-cinq, cinquante-six, cinquante-sept, cinquante-huit, cinquante-neuf, cinquante-dix, cinquante-onze, cinquante-douze, cinquante-treize, cinquante-dix-sept, pouah, je n'en peux plus avec tous ces cinquante ! Tout de même, il doit bien y avoir d'autres chiffres. Mais oui, je me souviens : cent quatre, mille. En tout cas, ça fait beaucoup d'argent.

À ce moment, on cogna à la porte.

— Entrez ou ne bougez pas ! cria Fifi. Mais ce n'est pas à moi de décider !

Les deux clochards entrèrent. Vous comprendrez qu'ils n'en crurent pas leurs yeux en voyant une petite rouquine, toute seule, en train de compter son argent sur le plancher.

— Tu es toute seule à la maison ? demandèrent-ils sournoisement.

— Pas du tout. M. Nilsson est là aussi.

Les voleurs ne pouvaient pas savoir que M. Nilsson était un petit singe qui dormait dans son lit vert, le ventre recouvert par une couverture de poupée. Ils pensèrent qu'il s'agissait du maître de maison. Ils s'adressèrent un clin d'œil.

Ce clin d'œil signifiait : « On reviendra plus tard. » Mais ils dirent à Fifi :

— Nous voulions juste demander l'heure.

Excités par le tas d'or, ils avaient oublié le prétexte des sandwiches.

— Allons, de grands gars comme vous qui ne savent pas ce qu'est l'heure ? Mais d'où sortez-vous ? L'heure, c'est ce que donnent les horloges ! Les horloges qui font tic-tac. L'heure, c'est le temps qui passe et qui ne revient pas. Bon, si vous avez d'autres énigmes dans ce genre qui vous travaillent, allez, n'hésitez pas, je suis là, répondit Fifi sur un ton encourageant.

Les clochards pensèrent que Fifi était trop petite pour comprendre quoi que ce soit à l'heure et ils s'en allèrent sans dire un mot.

— Ce n'est pas que je tique, mais un merci vous remet toujours d'attaque, tic-tac ! Mais, bon, bonne route quand même, dit Fifi en retournant à ses pièces d'or.

Les deux clochards se frottaient les mains

— Nom d'une pipe ! Tu as vu tout ce tas de fric ? dit l'un.

— Oui, on a parfois des coups de pot, répondit l'autre. Tout ce qu'on a à faire, c'est d'attendre que la gamine et ce Nilsson soient endormis. On n'aura qu'à se faufiler, et à nous le magot !

Ils attendirent sous un chêne du petit jardin. Il tombait une pluie battante et ils étaient affamés. Ce n'était guère agréable, mais la perspective de dérober tout cet argent les maintenait de bonne humeur.

Les lumières s'éteignirent les unes après les autres dans les maisons voisines, mais celles de la villa *Drôlederepos* brillaient encore. Fifi était en train d'apprendre à danser la polka et refusait de se coucher sans être sûre et certaine de la connaître. Cependant, les lampes de la villa *Drôlederepos* finirent par s'éteindre aussi.

Les clochards attendirent un bon moment, afin de s'assurer que M. Nilsson s'était bien endormi. Ils se faufilèrent jusqu'à la porte de la cuisine et se préparaient à la forcer avec leurs pinces-monseigneur et autres outils de cambrioleurs. L'un d'eux – il s'appelait Blom, soit dit en passant – appuya sur la poignée, sans le faire exprès. La porte n'était pas fermée à clef.

— Vraiment, les gens font n'importe quoi, chuchota-t-il à son collègue. La porte est grande ouverte !

— Tant mieux pour nous, répondit le collègue, un type aux cheveux noirs que ses amis surnommaient Karlsson l'Éclair.

Karlsson l'Éclair alluma sa lampe de poche et ils se glissèrent dans la cuisine. Il n'y avait personne. Le lit de Fifi se trouvait dans la pièce voisine, ainsi que le petit lit de poupée de M. Nilsson.

Karlsson l'Éclair ouvrit la porte et regarda prudemment à l'intérieur. Tout semblait calme. Il pointa sa lampe et tomba sur le lit de Fifi. À leur grande surprise, les deux clochards ne virent que deux pieds qui reposaient sur l'oreiller. Comme d'habitude, Fifi avait la tête au pied du lit, cachée sous la couverture.

— Ça doit être la gamine, chuchota Karlsson l'Éclair. Elle dort à poings fermés. Mais, à ton avis, où est le Nilsson ?

— *Monsieur* Nilsson, s'il vous plaît. C'était la voix de Fifi qui sortait de sous la couverture.

— M. Nilsson dort dans le petit lit de poupée vert.

Les clochards furent tellement surpris qu'ils

faillirent s'enfuir à toutes jambes. Mais ils réfléchirent à ce que Fifi venait de leur dire : M. Nilsson dormait dans le lit de poupée. La lampe de poche leur révéla le petit lit de poupée vert et le petit singe qui y dormait. Karlsson l'Éclair ne put s'empêcher de rire.

— Hé ! Blom ! M. Nilsson est un singe ! Ha, ha, ha !

— Ben tiens, qu'est-ce que vous croyiez que c'était ? reprit calmement la voix sous les couvertures. Une tondeuse à gazon ?

— Tes parents ne sont pas à la maison ? demanda Blom.

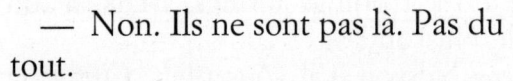

— Non. Ils ne sont pas là. Pas du tout.

Les deux compères jubilaient.

— Eh bien, ma petite fille, on aurait deux mots à te dire.

— Non, je dors. C'est encore une de ces histoires d'heure ? Dans ce cas, pouvez-vous me dire...

Blom interrompit Fifi en retirant la couverture.

— Est-ce que vous savez danser la polka ? demanda-t-elle avec le plus grand sérieux. Moi, je sais.

— Tu poses trop de questions, poursuivit Karlsson l'Éclair. Nous aussi, nous avons des questions. Par exemple : où est caché l'argent que tu avais dans la cuisine ?

— Dans la valise, là-haut, dans cette armoire, répondit Fifi sans se méfier.

Les deux brigands eurent un sourire mauvais.

— J'espère que tu n'as rien contre si on l'emporte avec nous, ma petite ? dit Karlsson l'Éclair.

— Mais pas du tout. Je vous en prie !

Sur ce, Blom prit la valise dans l'armoire.

— J'espère que tu n'as rien contre si je la garde ici, mon grand, dit Fifi qui se leva et rejoignit Blom.

Blom se sut pas très bien comment la valise se retrouva aussi vite dans les mains de Fifi.

— Pas de blagues ! s'écria Karlsson l'Éclair, furieux. Rends ça tout de suite !

Il attrapa Fifi par le bras et essaya de s'emparer du butin convoité.

— Mais je ne blaguais pas ! dit Fifi en soulevant Karlsson l'Éclair et en le déposant sur le haut de l'armoire. Une minute plus tard, il était rejoint par Blom. Les deux voleurs prirent peur. Ils commençaient à comprendre que Fifi n'était pas une petite fille comme les autres. Mais l'attrait de la valise était le plus fort et ils oublièrent leur peur.

— On y va ! cria Karlsson l'Éclair. Les voleurs sautèrent de l'armoire et tombèrent sur Fifi qui tenait la valise à la main. Mais Fifi les repoussa du doigt et ils se retrouvèrent allongés chacun dans un coin. Avant qu'ils aient réussi à se relever, Fifi avait trouvé une corde et, rapide comme une flèche, elle les avait ligotés. Ils changèrent du tout au tout.

— Chère petite mademoiselle ! s'exclama Karlsson l'Éclair. Excusez-nous. C'était pour rire ! Ne nous faites pas de mal, nous ne sommes que deux pauvres clochards qui venaient seulement demander un petit quelque chose à manger.

Blom alla même jusqu'à verser une larme.

Fifi remit la valise à sa place dans l'armoire. Puis elle se tourna vers ses prisonniers :

— L'un de vous sait-il danser la polka ?

— Hum, c'est que..., risqua Karlsson l'Éclair, je crois que nous savons tous les deux.

— Oh ! Mais c'est formidable ! dit Fifi en battant des mains. Et si nous dansions ? Vous comprenez, je viens juste d'apprendre.

— Euh... Oui... Pourquoi pas ? reprit Karlsson l'Éclair, un peu perdu.

Fifi prit une grosse paire de ciseaux et coupa la corde qui retenait les deux hommes.

— Mais nous n'avons pas de musique, reprit Fifi, ennuyée. Elle eut une idée.

— Tu pourrais jouer avec ton harmonica, dit-elle à Blom, et je danserais avec lui, fit-elle en désignant Karlsson l'Éclair.

Oui, Blom avait un harmonica. Et sa musique résonna dans toute la maison. M. Nilsson se réveilla juste à temps pour voir Fifi danser une polka endiablée avec Karlsson l'Éclair. Elle était le sérieux même et dansait de toute son énergie, comme si sa vie était en jeu.

Blom finit par dire qu'il n'arrivait plus à jouer de l'harmonica, ses lèvres n'en pouvaient plus. Et Karlsson l'Éclair, lui, après une rude journée, avait les jambes très fatiguées.

— Allez, soyez gentils, encore une, supplia Fifi. Elle repartit de plus belle et Blom et Karlsson l'Éclair n'avaient pas d'autre choix que de suivre.

À trois heures du matin, Fifi s'arrêta.

— Je pourrais continuer jusqu'à jeudi ! Mais vous êtes peut-être fatigués et vous avez peut-être faim ?

Ça, pour être fatigués et affamés, ils l'étaient ! Mais ils n'osaient pas le dire. Fifi sortit du garde-manger du pain, du beurre, du fromage, du jambon, de la viande froide et du lait. Fifi, Blom et Karlsson l'Éclair s'attablèrent et mangèrent comme des goinfres. Fifi se versa du lait dans une oreille.

— C'est bon contre les otites.

— Ma pauvre petite, tu as une otite ? interrogea Blom.

— Non, mais on ne sait jamais !

Pour finir, les deux clochards se levèrent, remercièrent pour le dîner et demandèrent la permission de prendre congé.

— C'est très gentil à vous d'être passés !

Devez-vous vraiment déjà partir ? Je n'ai jamais vu quelqu'un danser la polka comme toi, mon grand, dit-elle à Karlsson l'Éclair. Et toi, travaille plus ton harmonica, comme ça tu auras moins mal, dit-elle à Blom.

Au moment où ils franchissaient le seuil, Fifi leur donna une pièce d'or à chacun.

— Vous l'avez bien mérité.

9

Fifi est invitée à prendre le thé

La maman de Tommy et Annika avait invité des amies à prendre le thé et, comme elle avait préparé beaucoup de gâteaux, elle pensa que ses enfants pourraient bien inviter Fifi par la même occasion. De cette manière, elle pensait que Tommy et Annika ne l'embêteraient pas.

Tommy et Annika furent ravis en entendant leur maman et ils foncèrent immédiatement inviter Fifi. Celle-ci arrosait, avec un vieil arrosoir rouillé, les quelques fleurs fatiguées qui subsistaient encore dans son jardin. Comme il tombait des cordes ce jour-là, Tommy dit à Fifi que ça ne servait à rien.

— C'est toi qui le dis, répondit Fifi, indignée, mais moi, je me suis réjouie toute la nuit à l'idée d'arroser mes fleurs. Alors, ce ne sont pas trois gouttes de pluie qui vont m'en empêcher !

Annika annonça alors l'excellente nouvelle de l'invitation à venir prendre le thé.

— Invitée à prendre le thé ! Moi ? s'écria Fifi.

Elle en était tellement surprise qu'elle arrosa Tommy au lieu du rosier.

— Oh là là ! Mais comment cela va-t-il se passer ? Je suis tellement excitée ! Et si je n'arrivais pas à bien me conduire ?

— Mais si, tu y arriveras très bien, insista Annika.

— N'en sois pas si sûre. Je fais de mon mieux, crois-moi, mais j'ai remarqué à plusieurs reprises que les gens trouvaient que je manquais de tenue – et pourtant, je me suis toujours conduite du mieux possible. En mer, on faisait toujours très attention à ça. Mais je vous promets que je serai impeccable aujourd'hui et que vous n'aurez pas honte de moi.

— C'est parfait, dit Tommy avant de filer chez lui avec sa sœur.

— À plus tard ! À trois heures ! N'oublie pas ! cria Annika en jetant un coup d'œil sous le parapluie.

À trois heures pile, une charmante demoiselle

grimpa l'escalier de la villa des Settergren. Fifi Brindacier. Pour une fois, ses cheveux roux tombaient librement sur ses épaules et formaient comme une crinière de lion. Elle avait passé du rouge sur ses lèvres – avec une craie rouge vif – et elle s'était fardé les paupières – avec du charbon –, de sorte qu'elle avait l'air fort menaçante. Sans oublier les gros rubans verts sur ses chaussures.

— Je crois que je serai la plus chic cet après-midi, dit-elle l'air très satisfaite, en appuyant sur la sonnette.

Trois dames distinguées, Tommy, Annika et leur maman étaient assis dans le salon des Settergren. La table était magnifiquement dressée et un feu de bois brûlait dans la cheminée. Les dames se parlaient à voix basse sur un ton compassé tandis que Tommy et Annika regardaient paisiblement un album. Tout était calme.

Le calme fut soudain rompu.

— Gaaaaarde-à-vous !

Un cri perçant se fit entendre dans l'entrée et, trente secondes plus tard, Fifi Brindacier franchissait le seuil de la pièce. Elle avait crié si fort que les dames en avaient sursauté.

— Section ! En avant, MARCHE !

Et Fifi s'avança à pas décidés vers Mme Settergren.

— Section ! HALTE !

Fifi s'arrêta.

— Bras tendus ! Un, DEUX !

Fifi s'empara des mains de Mme Settergren et les serra vigoureusement.

— On s'incline !

Fifi fit une belle révérence. Puis elle sourit à Mme Settergren et reprit sa voix normale :

— D'habitude, je suis plutôt du genre timide, et si je ne m'étais pas donné des ordres, je crois que je serais encore dans l'entrée.

Sur ce, elle se précipita vers les trois dames et les embrassa sur la joue.

— Charmant, exquis, je vous le jure, dit-elle – elle avait entendu un monsieur élégant dire ces paroles à une dame distinguée. Puis elle s'assit dans le meilleur fauteuil qu'elle aperçut. Mme Settergren avait pensé que les enfants monteraient dans la chambre de Tommy et Annika mais Fifi ne bougeait pas. Celle-ci jeta un coup d'œil à la table :

— Hum ! Ça m'a l'air bien bon. Quand est-ce qu'on commence ?

Ella, la bonne de la famille, entra à cet instant avec la théière et Mme Settergren annonça :

— Le thé est servi.

— Allez, m'dames, place aux jeunes ! cria Fifi qui atteignit la table en deux enjambées. Elle tassa sur l'assiette autant de gâteaux qu'elle put, lança cinq morceaux de sucre dans une tasse, vida la moitié du pot de lait dans cette même tasse et retourna à son fauteuil avec son butin. Tout cela, avant même que les dames soient arrivées à la table.

Fifi étendit ses jambes et installa l'assiette de gâteaux entre ses pieds. Puis elle plongea allègrement les gâteaux dans le thé. Elle en enfourna tant dans sa bouche qu'elle ne pouvait pas dire un mot – quand bien même elle en aurait eu envie. En un tournemain, elle avait engouffré toutes les pâtisseries. Elle se leva, frappa dans l'assiette comme si c'était un tambourin et s'avança vers la table pour voir s'il restait quelque chose. Les dames la regardaient avec réprobation mais elle ne le remarqua pas. Devisant joyeusement, elle fit le tour de la table en prenant un gâteau par-ci, un gâteau par-là.

— C'est vraiment gentil à vous de m'avoir invitée. Je n'avais jamais été invitée à prendre le thé chez quelqu'un.

Il y avait une grosse tarte à la crème sur la table. Elle était décorée en son centre par un fruit confit rouge. Mains sagement dans le dos, Fifi le contemplait. Soudain, elle se baissa et attrapa le fruit confit entre ses dents. Mais elle s'était penchée un peu trop vite car, lorsqu'elle se releva, son visage était couvert de crème.

— Ha, ha, ha ! Il ne nous reste plus qu'à jouer à colin-maillard parce que moi, j'ai eu mon bandeau gratis. Je ne vois plus rien.

D'un coup de langue, elle nettoya toute la crème.

— C'est vraiment un regrettable accident. Mais puisque la tarte est tout abîmée, je vais me dévouer et la manger tout de suite.

Ce qu'elle fit. Elle s'empara de la pelle à tarte et, en très, très peu de temps, il ne restait plus rien. Repue, Fifi se tapota le ventre. Mme Settergren avait disparu dans la cuisine et ne savait rien de l'incident. Mais les autres dames regardaient Fifi d'un œil noir – elles auraient volontiers goûté à la tarte. Fifi remarqua leur air mécontent et décida de leur remonter le moral.

— Ne vous en faites pas pour si peu. Le principal, c'est d'avoir la santé, non ? Et puis, lorsqu'on est invité à prendre le thé, on s'amuse !

Sur ces paroles, Fifi s'empara du sucrier et répandit les morceaux de sucre sur le plancher.

— Mais enfin ! Comment ai-je pu commettre une erreur pareille ! Je croyais que c'était du sucre en poudre. Bon, quand le vin est tiré, il faut le boire. Mais ce n'est pas trop grave, il ne reste qu'une toute petite chose à faire : casser les morceaux de sucre.

Sur ces paroles, elle prit la cuillère à sucre et frappa vigoureusement sur les morceaux répandus sur le sol.

— Eh bien, c'est déjà mieux comme ça.

Elle reprit la cuillère à sucre et, cette fois, répandit du sucre en poudre sur le plancher.

— Vous voyez bien, c'est du sucre en poudre. Je ne me suis pas trompée. Avez-vous remarqué combien c'est amusant de marcher sur un plancher recouvert de sucre en poudre ? demanda-t-elle aux dames. Mais c'est encore plus drôle si on marche pieds nus, dit-elle en enlevant ses chaussures et ses bas. Vous devriez essayer, il n'y a rien de plus rigolo, je vous le garantis.

Mme Settergren revint de la cuisine à ce moment-là. Apercevant le sucre renversé, elle attrapa Fifi par le bras et la conduisit directement au canapé où se trouvaient déjà Tommy et Annika. Puis elle alla s'asseoir avec ses invitées et leur demanda si elles voulaient encore un peu de thé. Elle était très contente qu'il n'y ait plus de tarte ; elle était persuadée que ses invitées l'avaient mangée entièrement parce qu'elles l'avaient trouvée délicieuse.

Fifi, Tommy et Annika discutaient dans leur coin. Le feu crépitait doucement dans la cheminée. Les dames reprirent du thé. Bref, tout était à nouveau calme et paisible. Et comme il arrive souvent en de pareilles occasions, ces dames parlèrent de leurs employées de maison. Aucune n'était satisfaite de sa servante et elles se disaient qu'elles feraient mieux de ne pas en avoir. Mieux valait tout faire soi-même, au moins, dans ce cas, on était sûre que tout était fait correctement.

Fifi écoutait attentivement ces dames et elle profita d'une pause dans leur conversation :

— Ma grand-mère a eu une bonne qui s'appelait Martine. Elle avait des engelures aux pieds, mais à part ça, elle allait bien. Le seul petit problème, c'est que dès qu'un étranger venait à la maison, elle se précipitait et le mordait à la jambe. Et puis, elle aboyait ! Oh ! là ! là ! qu'est-ce qu'elle aboyait ! Ça s'entendait dans tout le quartier. Mais c'était parce qu'elle était très joueuse. Certes, les étrangers ne comprenaient pas toujours. Une fois, la femme du pasteur est venue voir grand-mère. Martine venait juste d'être engagée. Martine a planté ses dents dans les mollets de la dame. Celle-ci a poussé un cri qui a tellement effrayé Martine, qu'elle a mordu encore plus fort, si bien qu'elle n'est plus arrivée à retirer ses dents. Elle est restée coincée avec l'épouse du pasteur jusqu'au vendredi. Grand-mère a été obligée d'éplucher ses pommes de terre elle-même pendant ce temps-là. Donc, le travail a été bien fait. Elle épluchait vraiment très bien les patates, ma grand-mère : quand elle avait terminé, il ne restait plus rien des patates. Rien que des épluchures ! Après ce vendredi, la femme du pasteur ne revint jamais voir grand-mère. Elle ne comprenait pas la plaisanterie. Et pourtant, cette Martine, quelle farceuse ! Mais elle pouvait être susceptible. Une fois, grand-mère lui a enfoncé une fourchette dans l'oreille et Martine a boudé toute la journée.

Fifi regarda autour d'elle en souriant gentiment.

— Eh bien voilà, c'était l'histoire de Martine, dit-elle en se tournant les pouces.

Les dames firent comme si elles n'avaient rien entendu et continuèrent leur discussion.

— Si seulement Rose était propre à son travail, dit Mme Berggren, je pourrais la garder. Mais non, c'est une vraie souillon.

— Vous auriez vu Martine ! Grand-mère disait que Martine était sale à faire peur. Grand-mère pensait même que Martine était africaine tellement sa peau était noire. Ah ! s'il y avait eu un concours pour les ongles noirs, elle aurait remporté le premier prix !

Mme Settergren lança un regard furieux à Fifi.

— Rendez-vous compte, dit Mme Granberg,

l'autre jour, Brigitte a emprunté ma robe bleue sans rien me demander. Il y a des limites, tout de même !

— Ah ça, pour sûr, intervint Fifi. Votre Brigitte me semble faite du même bois que Martine. Grand-mère avait un chemisier rose qu'elle adorait. Mais le problème, c'est que Martine l'adorait aussi. Chaque matin, c'était la même histoire : qui, de Martine ou de grand-mère, allait porter le chemisier rose ce jour-là ? Elles finirent par se mettre d'accord de le porter un jour sur deux. Comme ça, c'était juste. Mais ça n'empêchait pas Martine de faire des histoires. Il lui arrivait de prétendre que c'était son tour : « Il n'y aura pas de purée de navets aujourd'hui si je n'ai pas le chemisier rose ! » Hein ? Qu'est-ce que grand-mère pouvait répondre à ça ? La purée de navets était son plat préféré. Il ne lui restait plus qu'à donner le chemisier à Martine ! Dès qu'elle l'avait, elle allait gentiment à la cuisine préparer la purée de navets. Et je vous le garantis, elle y mettait de l'ardeur. Les morceaux de navets giclaient partout sur les murs !

Le silence se fit, rapidement comblé par Mme Alexandersson :

— Je n'en suis pas certaine, mais je soupçonne fort Henriette de me voler. J'ai remarqué que des choses ont disparu.

— Eh bien, Martine, elle...

Cette fois-ci, Mme Settergren intervint énergiquement :

— Les enfants ! Dans la chambre, tout de suite !

— Mais, je voulais juste vous dire que Martine volait aussi. Elle volait comme une chouette ! Il fallait qu'elle se lève la nuit pour voler, sinon, elle n'arrivait pas à dormir.

Cette fois-ci, Tommy et Annika prirent Fifi par les bras et l'emmenèrent vers l'escalier. Les dames reprirent du thé et Mme Settergren dit :

— Je n'ai pas trop à me plaindre d'Elsa, mais pour casser de la vaisselle, ça, elle est de première force.

Une tête rousse pointa du haut de l'escalier.

— Au cas où vous vous demanderiez si Martine cassait de la vaisselle, eh bien, là non plus, elle n'y allait pas de main morte. Elle avait un jour de la semaine réservé pour casser la vaisselle. Le mardi. Elle s'y mettait dès cinq heures du matin. Et vlan ! Elle commençait par les tasses à café, les verres et toutes les choses légères. Puis elle continuait avec les assiettes creuses, les assiettes plates et elle terminait avec les plats. Ça n'arrêtait pas de la matinée. Une vraie usine, disait grand-mère. Et s'il lui restait du temps dans l'après-midi, Martine passait au salon avec un petit marteau et s'occupait des vases de Chine. Grand-mère achetait toujours de la vaisselle le mercredi, dit Fifi en disparaissant comme un diable dans sa boîte.

La patience de Mme Settergren avait des limites, et là, elles étaient franchies. Elle grimpa l'escalier quatre à quatre et se rua dans la chambre où Fifi était en train d'apprendre à Tommy comment se tenir sur la tête.

— Tu ne reviendras jamais plus ici. Tu te conduis trop mal, dit Mme Settergren.

Fifi la regarda avec étonnement et ses yeux se remplirent doucement de larmes.

— C'est bien ce que je pensais, je ne sais pas me tenir comme il faut ! C'est même pas la peine d'essayer, je n'y arriverai jamais. J'aurais dû rester en mer, sur le bateau.

Elle fit une révérence à Mme Settergren, dit au revoir à Tommy et Annika, et descendit lentement l'escalier.

Les invitées partaient aussi. Fifi s'assit sur le porte-parapluies dans l'entrée et observa les dames qui mettaient leurs manteaux et chapeaux.

— Quel dommage que vous ne soyez pas contentes de vos servantes. Il vous faudrait quelqu'un comme Martine ! Grand-mère disait : « C'est une perle ! » Tenez, à Noël, Martine devait servir le cochon de lait grillé. Devinez ce qu'elle a fait. Elle avait lu dans le livre de recettes que l'on servait le cochon avec une pomme entre les dents et du persil dans les oreilles. Mais cette sacrée Martine n'avait pas compris que c'était le cochon qui devait avoir la pomme. Vous l'auriez vue, avec son petit tablier blanc et sa grosse pomme dans la bouche ! « Martine, tu es une idiote », a dit grand-mère. Et, bien sûr, Martine ne pouvait rien répondre. Elle pouvait tout juste agiter les oreilles pour en faire tomber le persil. Martine a bien essayé de dire quelque chose mais il n'est sorti que des « blubb, blubb, blubb » de sa bouche. Et puis, elle ne pouvait pas non plus mordre les mollets des gens comme elle en avait l'habitude, et pourtant, il y en avait des étrangers à la maison, ce soir-là.

Les dames étaient désormais prêtes et elles dirent un dernier au revoir à Mme Settergren. Fifi bondit vers elle et lui chuchota à l'oreille :

— Je suis désolée de ne pas savoir bien me tenir. Au revoir !

Puis elle se coiffa de son grand chapeau et suivit les invitées. Leurs chemins se séparèrent devant la grille, Fifi en direction de la villa *Drôlederepos,* les dames dans la direction opposée.

Après avoir parcouru quelques dizaines de mètres, elles entendirent un souffle derrière elles. C'était Fifi qui arrivait à toutes jambes.

— Vous ne pouvez pas savoir combien grand-mère a regretté Martine. Rendez-vous compte, un mardi matin, alors que Martine n'avait cassé qu'une douzaine de tasses, elle est partie pour s'embarquer sur un bateau. Grand-mère a dû casser la vaisselle elle-même. Et comme elle n'avait pas l'entraînement, elle a attrapé des ampoules. Elle n'a jamais revu Martine. Et c'était bien dommage, car je le répète, « c'était une perle ».

Fifi repartit et les dames pressèrent le pas. Elles n'avaient pas fait cent mètres qu'elles entendirent Fifi qui criait à pleins poumons :

— Martine-ne-balayait-jamais-sous-les-lits !

10

Fifi se conduit en héros

Un dimanche après-midi, Fifi se demandait ce qu'elle allait faire. Tommy, Annika et leurs parents avaient été invités chez quelqu'un pour prendre le thé. Donc, rien à attendre de leur côté.

La journée avait été remplie de choses agréables. Fifi s'était levée de bonne heure et avait servi à M. Nilsson du jus d'orange et des croissants au lit. Il avait l'air tellement mignon avec son pyjama bleu clair et son verre qu'il tenait à deux mains. Puis elle avait donné à manger au cheval et l'avait brossé en lui racontant quelques-unes de ses aventures en mer. Puis elle s'était rendue au salon et avait effectué une grande peinture sur le mur. La peinture représentait une grosse dame vêtue d'une robe rouge et d'un chapeau noir. Celle-ci tenait dans une main une fleur jaune, dans l'autre, un rat mort. Fifi trouvait que cette peinture décorait fort bien la pièce. Ensuite, elle s'était installée à son secrétaire et avait examiné les œufs d'oiseaux et les coquillages ; elle s'était souvenue des endroits merveilleux où elle et son papa les avaient ramassés et des boutiques où ils avaient acheté toutes les belles choses qui se trouvaient désormais dans les tiroirs. Puis elle avait essayé d'apprendre la polka à M. Nilsson, mais il n'avait pas voulu. Elle avait pensé un instant essayer avec son cheval mais, au lieu de cela, elle s'était enfermée dans son secrétaire. Elle jouait à la sardine dans une boîte de sardines. Et c'était bien triste que Tommy et Annika ne soient pas là, ils auraient pu jouer aux sardines eux aussi.

La nuit commençait à tomber. Fifi pressa contre la vitre son petit nez en forme de pomme de terre nouvelle. Elle se rappela qu'elle n'avait pas fait de cheval depuis deux, trois jours et décida de combler ce manque sur-le-champ. Cela constituerait une parfaite conclusion à un agréable dimanche d'automne.

Elle prit son grand chapeau et M. Nilsson – qui jouait aux billes dans son coin – sella le cheval et le souleva de la véranda. Et ils se mirent en route,

M. Nilsson sur le dos de Fifi, Fifi sur le dos du cheval.

Il faisait si froid que les routes étaient gelées et les sabots crissaient sur le sol. Juché sur l'épaule de Fifi, M. Nilsson essayait d'attraper au passage les branches des arbres. Mais Fifi allait si vite qu'il n'y parvint pas. Par contre, il fut giflé d'innombrables fois par ces mêmes branches et il eut bien du mal à conserver son chapeau sur la tête.

Fifi traversa la petite ville au galop et les gens se tassaient contre les maisons lorsque Fifi déboulait.

La petite ville avait aussi une place, comme toutes les villes suédoises. On y trouvait une petite mairie peinte en jaune et plusieurs belles maisons anciennes à un étage. Il y avait également un gros immeuble à trois étages, récemment construit. On le surnommait « le gratte-ciel car il était plus haut que tous les édifices de la ville.

En fin d'après-midi, ce dimanche, la petite ville était très calme et paisible. Mais soudain, le calme fut rompu par de hauts cris :

— Au feu ! Au feu ! Il y a le feu au gratte-ciel !

Les gens accoururent de partout. Une voiture de pompiers traversa la ville, sirène hurlante, et tous les petits enfants qui, d'habitude, se réjouissaient à la vue du camion de pompiers, pleuraient à chaudes larmes, persuadés que leurs maisons allaient brûler aussi. La place devant le gratte-ciel fut rapidement encombrée par la foule que les policiers s'efforçaient d'écarter pour laisser le passage à la voiture de pompiers. De grandes flammes et de la fumée sortaient des fenêtres du gratte-ciel et des étincelles virevoltaient près des pompiers qui se mirent courageusement à combattre l'incendie.

Le feu avait pris au rez-de-chaussée mais s'était rapidement propagé aux étages. Soudain, les gens rassemblés sur la place virent quelque chose qui les glaça d'effroi. Tout en haut de l'immeuble, il y avait un grenier dont la fenêtre fut ouverte par deux petits garçons qui appelèrent au secours.

— Nous ne pouvons pas passer. Quelqu'un a mis le feu à l'escalier, cria le premier.

Il avait cinq ans et son petit frère quatre. Leur maman était sortie faire une course et ils étaient seuls chez eux. Des gens se mirent à pleurer et le capitaine des pompiers avait l'air inquiet. Leur voiture avait bien une échelle mais elle était trop courte pour atteindre le troisième étage. Il était impossible de pénétrer dans la maison. Les gens furent horrifiés en voyant que l'on ne pouvait rien faire pour les pauvres petits garçons qui pleuraient, pleuraient. En effet, le feu allait bientôt atteindre le grenier.

Fifi s'était mêlée à la foule sur la place. Elle

regardait avec intérêt la voiture de pompiers et se demandait si elle ne devrait pas s'en acheter une semblable. Elle la trouvait formidable avec sa couleur rouge vif et le boucan qu'elle faisait dans les rues de la petite ville. Puis elle regarda le feu crépitant, amusée par les étincelles qui tombaient autour d'elle.

Puis elle remarqua les deux petits garçons au grenier. À sa grande surprise, elle remarqua aussi que le feu ne les amusait pas du tout. Cela la dépassait et elle demanda autour d'elle :

— Mais pourquoi est-ce qu'ils crient ?

On lui répondit d'abord par des reniflements, puis un gros monsieur lui dit :

— Qu'est-ce que tu crois ? Tu ne penses pas que tu serais en train de crier si tu étais bloquée là-haut ?

— Je ne crie jamais. Mais s'ils veulent descendre, pourquoi personne ne les aide, dans ce cas ?

— Parce qu'on ne peut pas, tiens, répondit le gros monsieur.

— Quelqu'un pourrait-il m'apporter une longue corde ? demanda Fifi.

— Pour quoi faire ? Les enfants sont trop petits pour descendre avec une corde. Et comment t'y prendrais-tu pour leur amener la corde ?

— Ah ! Mais moi, j'ai appris deux, trois trucs

en mer, répondit calmement Fifi. Je veux une corde.

Personne ne croyait que cela servirait à quoi que ce soit, mais Fifi obtint sa corde.

Il y avait un grand arbre près du coin du gratte-ciel. Le faîte de l'arbre arrivait à peu près à la hauteur du grenier. Mais trois bons mètres séparaient l'arbre et la fenêtre. Et le tronc ne comportait aucune branche pour y grimper. Même Fifi ne le pouvait pas.

Le feu rugissait, les enfants dans le grenier criaient et la foule pleurait.

Fifi descendit de son cheval et s'avança vers l'arbre. Elle prit la corde et l'attacha à la queue de M. Nilsson.

— Mon petit, tu vas faire exactement ce que te dit Fifi.

Elle l'approcha de l'arbre et lui donna une tape amicale. M. Nilsson avait très bien compris ce que l'on attendait de lui et il grimpa le long du tronc. Pour un petit singe, ce n'était pas sorcier.

Sur la place, la foule retenait son souffle et regardait M. Nilsson. Ce dernier atteignit rapidement le sommet de l'arbre. Juché sur une branche, il regarda Fifi. Fifi lui fit signe de redescendre. Il redescendit de l'autre côté de la branche. Ainsi, quand M. Nilsson toucha terre, la corde était accrochée à la branche et ses deux bouts touchaient le sol.

— Monsieur Nilsson, tu es très, très intelligent ! Tu pourras être professeur quand tu voudras, dit Fifi en dénouant l'extrémité de la corde attachée à la queue de M. Nilsson.

Tout près, il y avait une maison en réparation. Fifi s'y précipita et y prit une longue planche. La planche sous le bras, elle courut à l'arbre, serra la corde de sa main libre et prit son élan avec les pieds. Elle grimpa adroitement le long du tronc et la foule cessa de pleurer, muette de surprise. Une fois arrivée au sommet de l'arbre, elle posa la planche sur une grosse branche et la fit glisser jusqu'à la fenêtre. La planche formait un pont entre le faîte et le grenier.

Le suspense était à son comble, tout le monde gardait le silence le plus complet. Fifi s'avança sur la planche et fit un grand sourire aux deux petits garçons :

— Mais vous en faites une drôle de tête ! Avez-vous mal au ventre ?

Elle courut sur la planche et sauta dans le grenier.

— Holà ! Il fait chaud ici. Eh bien, il n'y aura pas besoin de chauffer davantage aujourd'hui, c'est moi qui vous le dis. Et il n'y aura pas besoin de plus de quatre bûches demain matin.

Puis elle prit un garçon sous chaque bras et remonta sur la planche.

— Enfin ! Nous allons nous amuser un peu ! C'est presque comme de marcher sur une corde raide.

Arrivée au milieu de la planche, elle leva la jambe bien droit, comme elle l'avait fait au cirque. Un soupir se fit entendre dans la foule et, quand Fifi perdit une chaussure, plusieurs dames s'évanouirent. Mais Fifi parvint à l'arbre sans encombre – toujours avec les garçons. Cette fois-ci, la foule poussa des « hourras ! » qui couvrirent le crépitement des flammes.

Fifi tira la corde à elle et l'attacha solidement à une branche. Puis elle attacha un des garçons à l'autre bout de la corde et le laissa lentement descendre jusqu'à sa pauvre maman qui attendait sur la place. Les larmes aux yeux, la maman se précipita pour embrasser son petit. Mais Fifi cria :

— Détachez la corde, nom d'une pipe ! Il en reste encore un ! Et il ne vole pas, que je sache !

Il fallut plusieurs personnes pour défaire le nœud. Sur un bateau, on apprend à faire des nœuds marins. Fifi remonta une seconde fois la corde et fit descendre l'autre garçon.

Fifi resta seule dans l'arbre. Elle sauta sur la planche et tout le monde se demanda ce qu'elle avait dans la tête. Fifi dansait sur la planche étroite. Elle effectuait des pas de danse délicats en chantant d'une voix si aiguë que tout le monde l'entendait :

*— Do, ré, mi, fa, sol, la, si, do,
Mais oui le feu brûle bien haut !
Si on l'avait éteint plus tôt,
Moi j'danserais pas toute seule là-haut !*

Sa chanson terminée, Fifi dansa de plus en plus vite et beaucoup de gens fermèrent les yeux, persuadés qu'elle allait s'écraser sur le sol. De grandes flammes s'échappaient du grenier et, à la lueur de l'incendie, ils voyaient distinctement Fifi. Elle leva les bras au ciel et, alors qu'une pluie d'étincelles tombait sur elle, elle cria :
— Quel beau feu, mes amis, quel beau feu !
Puis, d'un bond, elle attrapa la corde.
— Youpi ! cria-t-elle en se laissant glisser à terre à la vitesse de l'éclair.
— Un triple hourra pour Fifi Brindacier ! s'exclama le capitaine des pompiers.
— Hourra, hourra, hourra ! s'écria la foule. Mais dans l'assistance, quelqu'un poussa quatre hourras. Bien sûr, c'était Fifi elle-même.

11

Fifi fête son anniversaire

Un jour, Tommy et Annika trouvèrent une lettre dans leur boîte aux lettres.

« POUR TOMMY É ANIKA » était-il écrit sur l'enveloppe. Il y avait une carte à l'intérieur :

« TOMMY É ANIKA SONTINVITÉ O GOUTER DANIVERSÈRE CHEZ FIFI 2MAIN APRÉMIDI. TENUE : COM VOU VOULÉ. »

Tommy et Annika en sautèrent de joie. Ils

avaient très bien compris le sens de la carte, malgré l'orthographe quelque peu fantaisiste. Fifi avait eu un mal de chien à l'écrire. Certes, elle n'avait pas semblé connaître la lettre « i » à l'école, mais, en tout cas, elle savait tout de même écrire un peu. À l'époque où elle parcourait les océans sur le bateau de son papa, un des matelots lui tenait parfois compagnie sur la dunette et essayait de lui apprendre à écrire. Malheureusement, Fifi n'était guère une élève assidue. Il lui arrivait de dire soudainement :

— Non, Fridolf (Fridolf était le nom du matelot en question), non, Fridolf, je me fiche de tout ça. Je vais grimper en haut du mât pour voir quel temps il fera demain.

Pas étonnant dans ces conditions que l'écriture soit une tâche ardue pour Fifi. Elle avait passé la nuit entière à rédiger cette carte et c'était seulement quand les étoiles avaient commencé à pâlir au-dessus de la villa *Drôlederepos* qu'elle s'était rendue à la maison des Settergren pour glisser l'invitation dans leur boîte aux lettres.

À peine rentrés de l'école, Tommy et Annika enfilèrent leurs plus beaux habits pour se rendre au goûter d'anniversaire. Mme Settergren frisa les cheveux d'Annika et y noua un grand ruban rose. Tommy se peigna avec de l'eau pour que ses cheveux soient bien plats – lui, ne voulait surtout pas de boucles. Puis Annika demanda à porter sa plus jolie robe mais là, sa maman dit que cela n'en valait pas la peine car Annika revenait rarement de chez Fifi avec des vêtements en bon état. Annika dut se contenter de sa presque plus jolie robe. Tommy se souciait moins de sa tenue, il suffisait qu'il soit raisonnablement chic.

Bien sûr, ils avaient acheté un cadeau pour Fifi. Ils avaient cassé leurs tirelires et, en revenant de l'école, ils avaient fait un détour par le magasin de jouets dans la Grand-Rue et avaient acheté une très jolie... Eh bien, disons que cela restera un secret pour le moment. Le cadeau était emballé dans un papier vert et soigneusement ficelé. Une fois tous les deux prêts, Tommy prit le paquet et ils se mirent en route, leur maman les exhortant à faire attention à leurs habits. Annika voulait porter le paquet elle aussi et ils décidèrent de le tenir ensemble lorsqu'ils le remettraient à Fifi.

On était en novembre et la nuit tombait tôt. Tommy et Annika se tenaient par la main en poussant la grille de la villa *Drôlederepos,* car il faisait assez sombre dans le jardin de Fifi et le vent soufflait d'un air sinistre dans les branches des vieux arbres. « C'est vraiment l'automne, dit Tommy. Ils n'en furent que plus ravis en voyant toutes les fenêtres éclairées de la villa *Drôlede-*

repos, sachant que le goûter d'anniversaire les attendait.

D'habitude, Tommy et Annika entraient par la porte de la cuisine mais, ce jour-là, ils se dirigèrent vers l'entrée principale. Le cheval ne se trouvait plus dans la véranda. Tommy frappa poliment à la porte. Ils entendirent une voix lugubre :

*— Qui vient dans la sombre nuit
frapper à mon logis.
Est-ce un fantôme gris
ou une petite souris ?*

— Non, non, Fifi, c'est nous ! cria Annika. Ouvre-nous !

Fifi vint ouvrir.

— Oh, Fifi ! Pourquoi as-tu parlé de fantôme ? J'ai eu tellement peur, dit Annika en oubliant de souhaiter joyeux anniversaire à Fifi.

Fifi rit de bon cœur et ouvrit la porte de la cuisine. Que c'était agréable d'entrer dans un endroit chaud et bien éclairé ! Le goûter d'anniversaire se déroulerait dans la cuisine, car c'était la pièce la plus plaisante. Il n'y avait que deux pièces au rez-de-chaussée : le salon – qui ne comptait qu'un seul et unique meuble –, et la chambre de Fifi. La cuisine était grande et spacieuse et Fifi l'avait rangée et décorée. Elle avait posé des tapis par terre et une nouvelle nappe sur la table. Fifi l'avait brodée elle-même. Certes, les fleurs brodées avaient l'air un peu bizarres, mais Fifi assura que ce genre de fleurs poussait en Indochine, donc tout était normal. Les rideaux étaient tirés et le feu crépitait dans la cheminée. M. Nilsson était assis sur des bûches et frappait deux couvercles de marmite l'un contre l'autre. Le cheval se trouvait dans un coin reculé. Il était invité lui aussi, bien entendu.

Tommy et Annika se rappelèrent enfin qu'il leur fallait souhaiter bon anniversaire à Fifi. Tommy s'inclina, Annika fit une révérence et ils tendirent le paquet vert en chantant : « Joyeux anniversaire ! Nos vœux les plus sincères ! » Fifi remercia et défit l'emballage en toute hâte. Une boîte à musique ! Fifi était ravie. Elle embrassa Tommy et Annika, la boîte à musique et le papier d'emballage. Puis elle ouvrit la boîte à musique et, dans le concert des « pling ! plong ! », elle reconnut *Au clair de la lune.*

Elle fit et refit marcher la boîte à musique et semblait avoir oublié tout le reste. Soudain, elle se rappela quelque chose.

— Mes chers amis, je ne pensais plus à vos cadeaux d'anniversaire !

— Mais, mais, ce n'est pas notre anniversaire ! s'exclamèrent Tommy et Annika.

Fifi les regarda avec surprise :

— Peut-être, mais c'est le mien et rien ne m'empêche de vous donner un cadeau, pas vrai ? Ou bien est-il écrit quelque part dans vos livres d'école que ça ne se fait pas ? Est-ce que ça a quelque chose à voir avec la nulplication et tout le tremblement ?

— Non, bien sûr que l'on peut le faire. Ce n'est pas très courant, c'est tout. Mais, en ce qui me concerne, je suis tout à fait d'accord pour avoir un cadeau, dit Tommy.

— Moi aussi, reprit Annika.

Fifi alla chercher deux paquets qui se trouvaient sur le secrétaire, dans le salon.

Tommy découvrit dans son paquet une petite flûte en ivoire et Annika une jolie broche en forme de papillon. Les ailes du papillon étaient ornées de pierres rouges, bleues et vertes.

Une fois les cadeaux échangés, ce fut le moment du goûter. Des piles de gâteaux trônaient sur la table. Ceux-ci avaient des formes assez curieuses mais Fifi affirma qu'en Chine on les faisait toujours comme cela.

Fifi versa du chocolat chaud avec de la crème fouettée dans les tasses, puis elle pria ses invités de s'asseoir. Tommy objecta :

— Quand papa et maman donnent un dîner, les messieurs ont toujours un carton qui indique qui est leur cavalière. Je trouve que nous devrions faire de même.

— En avant toute ! s'exclama Fifi.

— Le seul problème, c'est que je suis le seul monsieur ici présent...

— N'importe quoi ! Et M. Nilsson, il compte pour du beurre ?

— Euh, non. C'est vrai, j'avais oublié M. Nilsson. Et Tommy écrivit un carton sur un coin de la table :

« M. Settergren aura l'honneur d'accompagner Mlle Brindacier.

— M. Settergren, c'est moi, dit-il satisfait en montrant le carton à Fifi. Puis il en rédigea un deuxième :

« *M. Nilsson aura le plaisir d'accompagner Mlle Settergren.* »

— Et le cheval ? Il a droit à un carton, lui aussi, protesta Fifi. Même s'il ne s'assied pas avec nous !

Tommy écrivit donc sous la dictée de Fifi :

« *M. Cheval aura le plaisir de rester dans un coin, où il se verra donner gâteaux et morceaux de sucre.* »

Fifi agita le carton sous le nez du cheval et lui dit :

— Tiens ! Lis ça et dis-moi ce que tu en penses !

Comme le cheval n'avait rien à objecter, Tommy offrit son bras à Fifi et ils passèrent à table. Comme M. Nilsson ne donnait aucun signe de vouloir accompagner Annika, celle-ci le prit résolument dans ses bras et l'amena à table. Mais il refusa de s'asseoir sur une chaise, s'installant à même la table. Il ne voulait pas davantage de chocolat, mais lorsque Fifi lui versa de l'eau dans sa tasse, il s'en saisit des deux mains et la vida d'un trait.

Annika, Tommy et Fifi grignotèrent et mangèrent. Annika précisa que si on faisait toujours les gâteaux comme cela en Chine, elle partirait pour la Chine quand elle serait grande.

M. Nilsson plaça sa tasse vide sur sa tête. Voyant cela, Fifi voulut l'imiter mais, comme elle n'avait pas vidé sa tasse, un petit filet de chocolat lui glissa sur le front puis sur le nez. Fifi tendit la langue et arrêta net la chute du liquide.

— Il ne faut rien perdre !

Tommy et Annika léchèrent d'abord leurs tasses avant de les mettre sur leur tête.

Lorsqu'ils furent rassasiés – et que le cheval eut reçu ce qu'on lui avait promis –, Fifi replia la nappe par les quatre coins et la souleva – avec les tasses, le pot de chocolat et les assiettes – et en fit un gros sac. Puis elle rangea le tout dans le casier à bois.

— J'aime toujours ranger un peu après avoir mangé.

C'était l'heure des jeux. Fifi proposa un nouveau jeu : « Ne pas poser le pied sur le plancher. C'était très simple. Il suffisait de faire le tour de la pièce sans jamais poser un pied par terre. Fifi effectua son tour en une seconde. Tommy et Annika ne se débrouillèrent pas trop mal. On commençait sur l'évier et, en tendant bien la jambe, on parvenait sur la cuisinière, de là on sautait sur le coffre à bois, du coffre à bois à l'étagère, de là sur la table et de là aux deux chaises, ensuite au vaisselier du coin. Plusieurs mètres séparaient le vaisselier de l'évier. Mais, avec l'aide du cheval, on y arrivait aisément.

Après avoir joué pendant un moment – la presque plus belle robe d'Annika n'était plus que sa presque-presque-presque-presque plus belle, tandis que Tommy était noir comme un chiffonnier –, les enfants décidèrent de passer à autre chose.

— Et si on grimpait au grenier dire bonjour aux fantômes ? proposa Fifi.

— Il y a des fan-fantômes au grenier ? balbutia Annika.

— S'il y a des fantômes ! Mais il y en a des tas ! Des fantômes et des revenants de toutes sortes. On marche dessus sans arrêt tellement ils sont nombreux. On y va ?

— Oh ! s'exclama Annika, indignée.

— Maman dit que les fantômes et les revenants

n'existent pas, dit Tommy, avec force et détermination.

— Ce n'est pas tout à fait exact. Il n'y en a nulle part ailleurs. Tous les fantômes habitent dans mon grenier. Et inutile de leur demander de partir. Mais ils ne sont pas méchants. Ils te pincent juste de temps en temps au bras, ça te fait un gros bleu, c'est tout. Et puis, ils hurlent et jouent aux quilles avec leurs têtes.

— Ils jouent-jouent aux qui-quilles avec leurs tê-têtes ? chuchota Annika.

— Mais oui. Allez, on va leur faire un brin de causette. Et puis, je suis assez forte aux quilles.

Tommy ne voulait pas montrer qu'il avait peur et, de plus, il était très tenté de rencontrer un fantôme. Cela ferait une sacrée histoire à raconter aux copains. En outre, il se rassura en pensant que les fantômes n'oseraient rien faire tant que Fifi serait avec eux. Il décida donc de la suivre. La pauvre Annika ne voulait pas bouger mais elle se dit qu'un petit, un tout petit fantôme viendrait peut-être la trouver si elle restait toute seule dans la cuisine. L'affaire fut réglée. Plutôt être avec Fifi et Tommy au milieu de milliers de fantômes que seule avec un bébé-fantôme dans la cuisine !

Fifi passa la première. Elle ouvrit la porte de l'escalier qui menait au grenier. Il faisait noir comme dans une mine de charbon. Tommy tenait fermement Fifi et Annika encore plus fermement Tommy. Chaque marche grinçait et craquait. Tommy se demandait s'il n'aurait pas mieux fait de s'abstenir, Annika, elle ne se posait même pas la question.

Marche après marche, ils arrivèrent au grenier. Il faisait très sombre, excepté un petit rayon de lune qui tombait sur le plancher. Le vent soufflait dans tous les coins.

— Salut les fantômes ! s'écria Fifi.

Mais s'il y avait des fantômes, ils ne répondirent pas.

— Mais bien sûr ! J'aurais dû m'en souvenir ! Ils sont tous partis au congrès de l'Association des Fantômes et Revenants !

Annika poussa un grand soupir de soulagement et elle espéra que le congrès allait durer encore un bon moment. Mais, juste à cet instant, un terrible bruit se fit entendre dans un coin du grenier.

— Ouaaaaaah !

Et, dans l'obscurité, Tommy vit quelque chose se précipiter vers lui. Il sentit qu'on lui touchait le front et il vit une forme noire disparaître par une petite fenêtre ouverte. Il cria de toutes ses forces, bientôt imité par Annika :

— Un fantôme ! Un fantôme !

— En voilà un qui sera en retard au congrès ! dit Fifi. À condition que ce soit bien un fantôme et pas une chouette. Du reste, les fantômes n'existent pas, alors, plus j'y pense, plus je me dis que ça devait être une chouette. Celui qui prétend qu'il y a des fantômes, je lui pince le nez !

— Mais, Fifi, tu viens de nous dire qu'il y avait des fantômes, objecta Annika.

— Ah bon ? Dans ce cas, je n'ai plus qu'à me pincer le nez.

Et Fifi serra fortement son nez.

Après cela, Tommy et Annika se sentirent un peu plus rassurés. Ils trouvèrent même assez de courage pour s'approcher de la fenêtre et jeter un coup d'œil dans le jardin. De gros nuages sombres occupaient le ciel et faisaient de leur mieux pour cacher la lune. Le vent sifflait dans les arbres.

Tommy et Annika se retournèrent. Et là – horreur ! – ils virent une forme blanche qui s'approchait d'eux.

— Un fantôme ! cria Tommy.

Annika avait tellement peur qu'elle n'arriva pas à prononcer un mot. La forme s'approcha encore plus, Tommy et Annika se blottirent l'un contre l'autre en fermant les yeux. Ils comprirent alors la petite voix du fantôme :

— Hé ! Regardez ce que j'ai trouvé ! La chemise de nuit de papa se trouvait dans un coffre, là-bas, dans le coin ! Si je replie le bas, elle me va très bien.

Fifi s'approcha d'eux avec la chemise de nuit qui traînait par terre.

— Oh ! Fifi ! J'ai failli mourir de peur ! dit Annika.

— Mais enfin, les chemises de nuit ne sont pas méchantes, protesta Fifi. Elles ne mordent que pour se défendre.

Fifi décida d'inspecter le coffre de fond en comble. Elle l'approcha de la fenêtre et souleva le couvercle, si bien que la lune en révéla le contenu. Il y avait de vieux vêtements que Fifi entassa sur le plancher, de vieux bouquins, trois pistolets, un sabre et un sac de pièces d'or.

— Youpi ! Youpi ! Youpi ! s'écria-t-elle.
— Formidable ! ajouta Tommy.

Fifi emballa le tout dans la chemise de nuit et ils redescendirent à la cuisine. Annika était très contente de quitter le grenier.

— Il ne faut jamais laisser les enfants jouer avec des armes à feu, dit Fifi en prenant un pistolet dans chaque main. Un accident est si vite arrivé, dit-elle en faisant feu. Vous voyez, ça a fait un sacré « Pan » ! constata-t-elle en regardant le plafond. Les balles avaient percé deux trous.

— Qui sait, peut-être que les balles ont traversé le toit et ont touché des fantômes ? Ça leur apprendra à venir effrayer les petits enfants. C'est vrai, quoi, même s'ils n'existent pas, ce n'est pas une raison pour terroriser les gens. Au fait, ça vous plairait un pistolet ?

Tommy était enthousiaste, Annika en voulait bien un à condition qu'il ne soit pas chargé.

— Si nous le voulons, nous pouvons former une bande de pirates, dit Fifi en regardant par la longue-vue. Avec ça, je suis presque capable de voir les puces en Amérique du Sud. Ça nous sera utile quand nous serons pirates.

À cet instant, on frappa à la porte. C'était le papa de Tommy et Annika qui venait chercher ses enfants. Il était l'heure d'aller au lit, prétendait-il. Tommy et Annika s'empressèrent de remercier Fifi, de lui dire au revoir et de rassembler la flûte, la broche et les deux pistolets.

Fifi accompagna ses invités à la véranda et les regarda s'éloigner dans le jardin. Ils se retournèrent pour lui faire de grands signes. Fifi se détachait dans la lumière, rayonnante avec ses nattes rousses et la chemise de nuit de son papa qui lui tombait sur les jambes. Elle tenait le troisième pistolet dans une main et le sabre dans l'autre.

Lorsque Tommy, Annika et leur papa arrivèrent à la grille, ils entendirent qu'on les interpellait. Ils s'arrêtèrent pour écouter. Le vent sifflait dans les arbres et ils entendaient à peine Fifi. Mais ils comprirent tout de même :

— Quand je serai grande, je serai pirate ! Et vous ?

TABLE

1. Fifi s'installe à la villa *Drôlederepos* 9
2. Chercheurs de choses et bagarre 23
3. Fifi joue à chat avec des policiers 37
4. Fifi va à l'école 47
5. Perchés sur une barrière et dans un arbre 61
6. Fifi organise un pique-nique 75
7. Fifi au cirque 91
8. Fifi et les deux voleurs 107
9. Fifi est invitée à prendre le thé 119
10. Fifi se conduit en héros 133
11. Fifi fête son anniversaire 143

« Pour l'éditeur, le principe est d'utiliser des papiers composés de fibres naturelles, renouvelables, recyclables et fabriquées à partir de bois issus de forêts qui adoptent un système d'aménagement durable. En outre, l'éditeur attend de ses fournisseurs de papier qu'ils s'inscrivent dans une démarche de certification environnementale reconnue. »

Édité par la Librairie Générale Française - LPJ
(43 quai de Grenelle, 75905 Paris Cedex 15)

Composition PCA
Achevé d'imprimer en Espagne par BLACK PRINT CPI IBERICA
Dépôt légal 1re publication avril 2015
84.7786.0/01 - ISBN : 978-2-01-220229-0
Loi n° 49-956 du 16 juillet 1949 sur les publications destinées à la jeunesse
Dépôt légal : avril 2015